全球英語工作者的
不敗
POSiTIVE
Business Communication
溝通術

全書音檔下載導向頁面

https://globalv.com.tw/mp3-download-9786269916047/

掃描QR碼進入網頁並註冊後，按「全書音檔下載請按此」，可一次性下載音檔壓縮檔，或點選檔名線上播放。
全MP3一次下載為zip壓縮檔，部分智慧型手機需安裝解壓縮APP方可開啓，iOS系統請升級至iOS 13以上。
此為大型檔案，建議使用WIFI連線下載，以免占用流量，並請確認連線狀況，以利下載順暢。

前言

　　我們可能在沒有自覺的情況下,使用「文法上」沒有錯誤,卻對外國人而言顯得失禮的英語。大多數的英語母語人士,會理解我們「因為母語不是英語,所以講錯也無可厚非」,而忽略我們的錯誤。儘管如此,這樣的英語有時還是會讓母語人士感到不悅。

　　例如旅行途中,向路過的外國人問路時,你知道問對方「Could you tell me about this place?」會顯得失禮嗎?一位以英語為母語的朋友曾經告訴我:「如果是被另一個母語人士這樣問,會有點生氣」。

　　這個英語句子,其實是我很久以前買的旅遊會話書上的內容。為什麼這個句子會讓外國人感到不悅呢?根據那位朋友的說法,這個問題會讓對方難以回答「雖然我知道,但因為現在很趕,所以沒辦法告訴你」,只能被迫說「Yes」,所以是失禮的句子。也就是說,這個句子並沒有考慮到對方的情況。

　　如果是觀光客也就算了,但如果他們遇到的日本人是一起工作、每天需要聯絡的對象、業務聯絡人,或者初次見面就要交談將近一小時的對象,他們聽到這樣的英語會怎麼想呢?就算理解「他沒有惡意,只是英語不好而已」,但也不難想像他們會漸漸感到煩躁。

　　我因為想在海外工作,所以拚命提升英語能力,過程中也遇到各種英語方面的障礙。在日本的外資企業,我有過兩次派駐海外的經驗,也主導過幾個國際合作專案,所以轉職到海外的時候,對自己的英語能力有著滿滿的自信。結果我卻完全聽不懂別人的英語,

開會的時候也無法發言。因為沒有提出意見，我被上司宣告「再這樣下去你會被炒魷魚」。而在之後轉職的公司，我還有一年兩個月「業務成績掛零」的紀錄。

至今我在英語方面經歷了無數次的失敗。前面提到的「Could you tell me about this place?」也是其中一個例子。但即使是曾經惹得許多外國人不高興的我，現在也當上了全球頂尖 IT 公司的亞太總部資深經理。對於英語，我也終於有了自信。

於是，我開始注意到日本人的英語能力現況。雖然出版了各式各樣的學習書，但可惜的是，其中充滿了會讓外國人感到不悅的英語。我希望不要再有人像以前的我一樣，相信了英語會話書的內容，也認真反覆背誦裡面的句子，卻惹得外國人不高興。我抱持著這樣的想法，撰寫了這本書。

本書精心挑選了日本人特別容易脫口說出，但不理想的英語表達方式，以容易記住的問答形式呈現，讓讀者能夠學到比較好的說法，以及背後的理由。

過去我真的遇到了許多英語方面的障礙。但我認為各位不需要重蹈我的覆轍。我希望各位不用像我一樣度過那些失敗的日子，而能夠從本書學到「不會讓外國人感到不悅」的英語。

岡田兵吾

CONTENTS

前言 2
本書結構與使用方法 6

Chapter 1　讓人覺得「交給這個人沒問題嗎？」的英語　11

Unit 1 12
Unit 2 18
Unit 3 26
Unit 4 34
Unit 5 42
Unit 6 50
Column　使用感覺正向的動詞，使工作充滿興奮與期待 56

Chapter 2　「有點沒分寸耶…」讓人不舒服的英語　57

Unit 7 58
Unit 8 66
Unit 9 72
Unit 10 80
Unit 11 86
Unit 12 94
Column　表示積極審視時可以使用的 revisit 102

004

Chapter 3 「跟這個人只談工作就夠了！」讓人想保持距離的英語　103

- Unit 13 ⋯⋯⋯⋯⋯⋯⋯⋯⋯⋯⋯⋯⋯⋯⋯⋯⋯⋯⋯⋯⋯ 104
- Unit 14 ⋯⋯⋯⋯⋯⋯⋯⋯⋯⋯⋯⋯⋯⋯⋯⋯⋯⋯⋯⋯⋯ 110
- Unit 15 ⋯⋯⋯⋯⋯⋯⋯⋯⋯⋯⋯⋯⋯⋯⋯⋯⋯⋯⋯⋯⋯ 118
- Unit 16 ⋯⋯⋯⋯⋯⋯⋯⋯⋯⋯⋯⋯⋯⋯⋯⋯⋯⋯⋯⋯⋯ 126
- Unit 17 ⋯⋯⋯⋯⋯⋯⋯⋯⋯⋯⋯⋯⋯⋯⋯⋯⋯⋯⋯⋯⋯ 134
- Unit 18 ⋯⋯⋯⋯⋯⋯⋯⋯⋯⋯⋯⋯⋯⋯⋯⋯⋯⋯⋯⋯⋯ 142
- **Column** 用 Let's 在提醒注意的同時表現出團隊感 ⋯⋯⋯ 148

Chapter 4 讓人覺得「不想跟這個人討論！」的英語　149

- Unit 19 ⋯⋯⋯⋯⋯⋯⋯⋯⋯⋯⋯⋯⋯⋯⋯⋯⋯⋯⋯⋯⋯ 150
- Unit 20 ⋯⋯⋯⋯⋯⋯⋯⋯⋯⋯⋯⋯⋯⋯⋯⋯⋯⋯⋯⋯⋯ 158
- Unit 21 ⋯⋯⋯⋯⋯⋯⋯⋯⋯⋯⋯⋯⋯⋯⋯⋯⋯⋯⋯⋯⋯ 164
- Unit 22 ⋯⋯⋯⋯⋯⋯⋯⋯⋯⋯⋯⋯⋯⋯⋯⋯⋯⋯⋯⋯⋯ 172
- Unit 23 ⋯⋯⋯⋯⋯⋯⋯⋯⋯⋯⋯⋯⋯⋯⋯⋯⋯⋯⋯⋯⋯ 180
- Unit 24 ⋯⋯⋯⋯⋯⋯⋯⋯⋯⋯⋯⋯⋯⋯⋯⋯⋯⋯⋯⋯⋯ 186
- **Column** 說話禮貌的六個技巧 ⋯⋯⋯⋯⋯⋯⋯⋯⋯⋯⋯ 194

本書介紹的主要句型一覽 ⋯⋯⋯⋯⋯⋯⋯⋯⋯⋯⋯⋯⋯⋯ 195
結語 ⋯⋯⋯⋯⋯⋯⋯⋯⋯⋯⋯⋯⋯⋯⋯⋯⋯⋯⋯⋯⋯⋯⋯ 204

本書結構與使用方法

① 問題「這段對話，哪裡不夠好？」

場景設定

② ①的答案

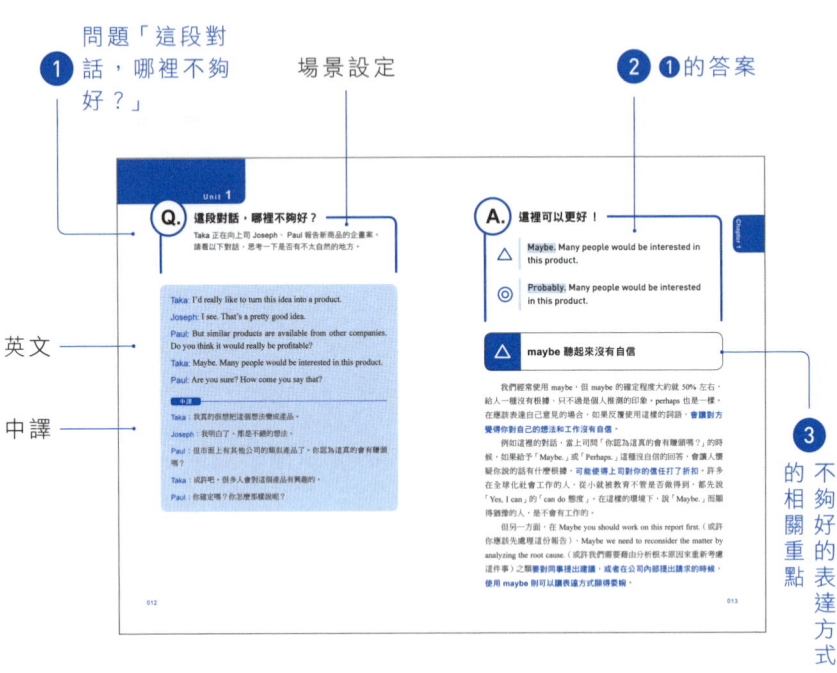

英文

中譯

③ 不夠好的表達方式的相關重點

④ 理想表達方式的相關重點

音檔連結

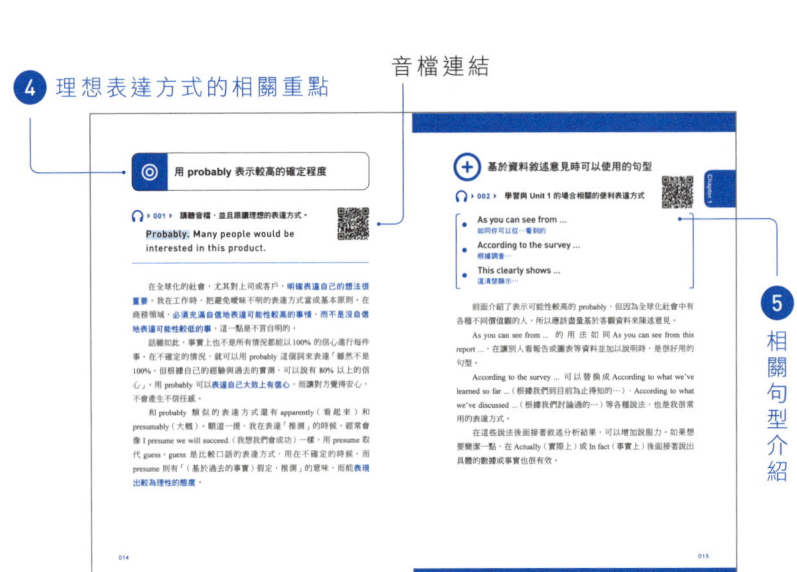

⑤ 相關句型介紹

本書的每個單元都由以下 ❶～❻ 的部分構成。首先請自己思考對話範例有什麼問題，然後仔細閱讀解說，並且進行訓練，讓自己不僅知道理想的商務英語表達方式，還能確實學會使用這些說法。

❶ 問題「這段對話，哪裡不夠好？」

在對話範例中，含有商務場合容易脫口而出，但不夠好的英語表達方式。請檢視對話內容，思考看看修改哪個部分會比較好。

❷ ❶ 的答案

這裡提供 ❶ 的答案。請確認不夠好的表達方式，以及理想的表達方式。

❸ 不夠好的表達方式的相關重點

解說不夠好的表達方式之所以不理想的地方，以及使用這樣的說法會給人怎樣的印象。請確實理解最好不要使用這種表達方式的理由。

❹ 理想表達方式的相關重點

請聽音檔，跟讀理想的表達方式，並且記起來。這裡會解說「理想表達方式」的重點，以及使用這樣的說法會給人怎樣的好印象。請透過這部分了解這種說法在全球商務場合中的涵義。

❺ 相關句型介紹

介紹與對話範例的情境相關，在開會、私人邀約、打電話等各種場景可以使用的實用表達方式。請聽音檔並跟讀、閱讀解說來記住這些說法。

6 快速反應訓練

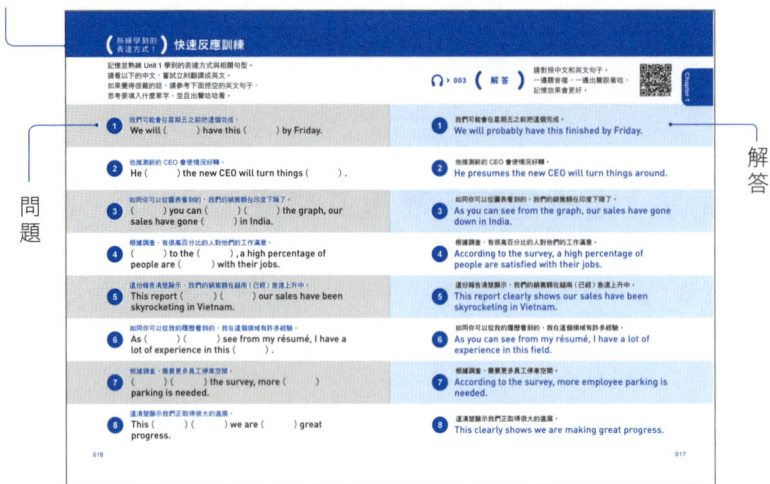

6 快速反應訓練

為了能夠實際運用在 ❹ 的部分學到的理想表達方式，以及在 ❺ 的部分學到的相關句型，在這裡提供了訓練。左頁是題目，右頁是答案。請先看左頁的中文，試著立刻翻譯成英文。如果覺得很難的話，請參考中文下面挖空的英文句子，思考要填入什麼單字，並且出聲唸唸看。

然後，請確認右頁的答案，反覆練習到可以只看中文就說出英文為止。一邊聽音檔一邊進行訓練，效果會更好。

什麼是快速反應訓練？

快速反應訓練是指將中文迅速轉換成英語的訓練。反覆進行這種訓練，可以增加「能實際使用」的表達方式，而不僅僅是「知道而已」，這樣一來就能立刻用英語說出想說的話。

專欄

這裡介紹正文部分無法詳盡介紹的實用單字和禮貌表達方式。這些表達方式是在全球商務場合中建立良好人際關係、順利進行工作所不可或缺的，所以請務必閱讀。

說話禮貌的六個技巧

雖然英語給人的印象，似乎是一種不用敬語、輕鬆隨興的語言，但英語其實也像日語一樣，有許多表示禮貌的說法。

在日語中，隨著年齡、職等與對方地位的不同，會分別使用各適合的敬語。而在全球化社會中，因為人人平等，所以習慣用禮貌的說法向彼此表示尊敬。以下從本書介紹的內容中，整理出「說話禮貌的六個技巧」。

1. **把現在式改成過去式**，會顯得禮貌（參考 P. 120）。例如 Could you ...?、I wondered if ... 比 Can you ...?、I wonder if ... 來得禮貌。
2. **在 Could/Would ...? 疑問句中加上 possibly, kindly, please 等詞語**，會顯得比較禮貌（參考 P. 45）。
3. **在切入正題之前，加上緩衝語氣的表達方式**（參考 P. 37, 128）。例如 I'm sorry, but ...、I'm afraid ...、Unfortunately ... 等等。
4. **請求別人的時候，直述句比疑問句來得禮貌**（參考 P. 119）。例如，I wondered if you could go over these documents by next Wednesday. 會比 Could you go over these documents by next Wednesday? 來得禮貌。
5. **一般而言，越長的句子越顯得委婉**（參考 P. 87）。短而簡要的句子容易給人強硬的印象；反之，較長的句子可以給人委婉而溫和的印象。但是要注意，如果句子太長、太迂迴的話，有可能顯得拖拖拉拉，而讓對方感到煩躁。
6. **負面的內容，要用正面的詞語前後包夾起來**（參考 P. 136）。用正面內容＋負面內容（想說或者想請求的事）＋正面內容的順序來表達。就算沒有即時用正面的內容包夾，也可以之後再補上感謝的話語，讓對方留下禮貌的印象。

本書介紹的主要句型一覽

本書介紹的理想表達方式與相關句型總整理。請將看到中文後可以立刻想出英語的項目打勾，然後反覆查看到可以全部記住為止。

☐ Probably. Many people would be interested in this product.	有可能。很多人會對這個產品有興趣的。
☐ As you can see from ...	如同你可以從…看到的
☐ According to the survey ...	根據調查…
☐ This clearly shows ...	這清楚顯示…
☐ I believe we can make it work.	我認為我們能讓它順利進行。
☐ Personally ...	就我個人而言…
☐ I may be wrong, but ...	或許我是錯的，但是…
☐ From my perspective ...	從我的觀點來看…
☐ It seems to me that ...	在我看來，似乎…
☐ Based on my experience ...	根據我的經驗…
☐ I see your point, but I believe the color scheme in Plan A is more innovative.	我明白您的意思，但我認為A方案的配色比較創新。
☐ Let me consider it.	讓我考慮一下。
☐ I'll get back to you soon.	我很快會再聯絡您。
☐ I'm not in a position to ...	我沒有資格…
☐ I need to talk to my manager.	我需要和我的經理談談。
☐ Let me go over it with the team.	讓我和團隊仔細地討論一下。

Chapter 1

讓人覺得
「交給這個人沒問題嗎？」
的英語

你的商務英語，
或許不知不覺給人「不可靠、沒自信」的印象！
本章將介紹我們容易用母語的思考方式去表達的英語，
而顯得可惜的一些句子。

Unit 1

這段對話，哪裡不夠好？

Taka 正在向上司 Joseph、Paul 報告新商品的企畫案。請看以下對話，思考一下是否有不太自然的地方。

Taka: I'd really like to turn this idea into a product.

Joseph: I see. That's a pretty good idea.

Paul: But similar products are available from other companies. Do you think it would really be profitable?

Taka: Maybe. Many people would be interested in this product.

Paul: Are you sure? How come you say that?

中譯

Taka：我真的很想把這個想法變成產品。

Joseph：我明白了。那是不錯的想法。

Paul：但市面上有其他公司的類似產品了。你認為這真的會有賺頭嗎？

Taka：或許吧。很多人會對這個產品有興趣的。

Paul：你確定嗎？你怎麼那樣說呢？

 **這裡可以更好！**

 Maybe. Many people would be interested in this product.

 Probably. Many people would be interested in this product.

 maybe 聽起來沒有自信

　　我們經常使用 maybe，但 maybe 的確定程度大約就 50% 左右，給人一種沒有根據、只不過是個人推測的印象。perhaps 也是一樣。在應該表達自己意見的場合，如果反覆使用這樣的詞語，**會讓對方覺得你對自己的想法和工作沒有自信**。

　　例如這裡的對話，當上司問「你認為這真的會有賺頭嗎？」的時候，如果給予「Maybe.」或「Perhaps.」這種沒自信的回答，會讓人懷疑你說的話有什麼根據，**可能使得上司對你的信任打了折扣**。許多在全球化社會工作的人，從小就被教育不管是否做得到，都先說「Yes, I can」的「can do 態度」。在這樣的環境下，說「Maybe.」而顯得猶豫的人，是不會有工作的。

　　但另一方面，在 Maybe you should work on this report first.（或許你應該先處理這份報告）、Maybe we need to reconsider the matter by analyzing the root cause.（或許我們需要藉由分析根本原因來重新考慮這件事）之類**要對同事提出建議，或者在公司內部提出請求的時候，使用 maybe 則可以讓表達方式顯得委婉**。

◎ 用 probably 表示較高的確定程度

 ˃ 001 ˃ 請聽音檔,並且跟讀理想的表達方式。

Probably. Many people would be interested in this product.

在全球化的社會,尤其對上司或客戶,**明確表達自己的想法很重要**。我在工作時,把避免曖昧不明的表達方式當成基本原則。在商務領域,**必須充滿自信地表達可能性較高的事情,而不是沒自信地表達可能性較低的事**,這一點是不言自明的。

話雖如此,事實上也不是所有情況都能以 100% 的信心進行每件事。在不確定的情況,就可以用 probably 這個詞來表達「雖然不是 100%,但根據自己的經驗與過去的實測,可以說有 80% 以上的信心」。用 probably 可以**表達自己大致上有信心**,而讓對方覺得安心,不會產生不信任感。

和 probably 類似的表達方式還有 apparently(看起來)和 presumably(大概)。順道一提,我在表達「推測」的時候,經常會像 I presume we will succeed.(我想我們會成功)一樣,用 presume 取代 guess。guess 是比較口語的表達方式,用在不確定的時候,而 presume 則有「(基於過去的事實)假定,推測」的意味,而能**表現出較為理性的態度**。

 **基於資料敘述意見時可以使用的句型**

 ▸ 002 ▸　學習與 Unit 1 的場合相關的便利表達方式

- **As you can see from ...**
  如同你可以從⋯看到的
- **According to the survey ...**
  根據調查⋯
- **This clearly shows ...**
  這清楚顯示⋯

　　前面介紹了表示可能性較高的 probably，但因為全球化社會中有各種不同價值觀的人，所以應該盡量基於客觀資料來陳述意見。

　　As you can see from ... 的用法如同 As you can see from this report ...，在讓別人看報告或圖表等資料並加以說明時，是很好用的句型。

　　According to the survey ... 可以替換成 According to what we've learned so far ...（根據我們到目前為止得知的⋯）、According to what we've discussed ...（根據我們討論過的⋯）等各種說法，也是我很常用的表達方式。

　　在這些說法後面接著敘述分析結果，可以增加說服力。如果想要簡潔一點，在 Actually（實際上）或 In fact（事實上）後面接著說出具體的數據或事實也很有效。

015

快速反應訓練

（熟練學到的表達方式！）

記憶並熟練 Unit 1 學到的表達方式與相關句型。
請看以下的中文，嘗試立刻翻譯成英文。
如果覺得很難的話，請參考下面挖空的英文句子，
思考要填入什麼單字，並且出聲唸唸看。

1 我們可能會在星期五之前把這個完成。
We will (　　) have this (　　) by Friday.

2 他推測新的 CEO 會使情況好轉。
He (　　) the new CEO will turn things (　　).

3 如同你可以從圖表看到的，我們的銷售額在印度下降了。
(　　) you can (　　) (　　) the graph, our sales have gone (　　) in India.

4 根據調查，有很高百分比的人對他們的工作滿意。
(　　) to the (　　), a high percentage of people are (　　) with their jobs.

5 這份報告清楚顯示，我們的銷售額在越南（已經）急速上升中。
This report (　　) (　　) our sales have been skyrocketing in Vietnam.

6 如同你可以從我的履歷看到的，我在這個領域有許多經驗。
As (　　) (　　) see from my résumé, I have a lot of experience in this (　　).

7 根據調查，需要更多員工停車空間。
(　　) (　　) the survey, more (　　) parking is needed.

8 這清楚顯示我們正取得很大的進展。
This (　　) (　　) we are (　　) great progress.

請對照中文和英文句子。
一邊聽音檔，一邊出聲跟著唸，記憶效果會更好。

1 我們可能會在星期五之前把這個完成。
We will probably have this finished by Friday.

2 他推測新的 CEO 會使情況好轉。
He presumes the new CEO will turn things around.

3 如同你可以從圖表看到的，我們的銷售額在印度下降了。
As you can see from the graph, our sales have gone down in India.

4 根據調查，有很高百分比的人對他們的工作滿意。
According to the survey, a high percentage of people are satisfied with their jobs.

5 這份報告清楚顯示，我們的銷售額在越南（已經）急速上升中。
This report clearly shows our sales have been skyrocketing in Vietnam.

6 如同你可以從我的履歷看到的，我在這個領域有許多經驗。
As you can see from my résumé, I have a lot of experience in this field.

7 根據調查，需要更多員工停車空間。
According to the survey, more employee parking is needed.

8 這清楚顯示我們正取得很大的進展。
This clearly shows we are making great progress.

Unit 2

 **這段對話，哪裡不夠好？**

在小組會議中，Kaori 被上司 Alan 指派為團隊領導人。
請看以下對話，思考一下是否有不太自然的地方。

Alan: Thank you all for sharing your ideas for next quarter's projects. As a result of the meeting, it was decided to move forward with Plan A.

Kaori: Thank you for adopting my idea.

Alan: I'm appointing you as team leader. Can you do that?

Kaori: I think we can make it work.

Alan: Are you sure? Could you tell us your plan?

中譯

Alan：謝謝大家分享對於下一季專案的想法。依照會議的結果，我們決定採行 A 計畫。

Kaori：謝謝您採用我的想法。

Alan：我指派你擔任團隊領導人。你做得到嗎？

Kaori：我認為我們能讓它順利進行。

Alan：你確定嗎？可以請你告訴我們你的計畫嗎？

018

 **這裡可以更好！**

 I think we can make it work.

 I believe we can make it work.

 I think 聽起來不夠肯定

在重視察言觀色的文化中，避免使用斷定的說法，以「我覺得…」這種有點委婉的方式來表達很正常。但如果想著「我覺得…」這種表達方式，在英語中照樣使用 I think 的話，**在全球化社會中聽起來就顯得很無力，不夠肯定**。I think 是用來表達腦海中浮現的想法或感受。在日常會話中使用還可以，但如果像這裡的會話一樣，在「做決定」、「表明決心」等商務上重要的場面使用 I think 的話，就無法表現出深刻的思考或強烈的意志。

全球化社會所要求的，是專業的工作與言行舉止。對於別人的提問，如果不能懷著堅定的意志給予回答，就不會被看作能獨當一面的人。能獲得肯定的下屬，不是只會遵從上司意見的人，而是在尊重上司意見的同時，如果有不同的意見也能坦白說出口的人。上司詢問下屬的意見，是為了獲得更好的想法與對策。商業沒有標準答案。正因如此，在全球化社會中，會理性地交流意見，並產生出符合目的與目標的最佳解。所以，比起使用 I think 這種模稜兩可的表達方式，懷抱自信表達自己的意見（結論）更加重要。

用積極進取的 I believe 表達立場

 > 004 > 請聽音檔,並且跟讀理想的表達方式。

I believe we can make it work.

在會議中,要強力主張「我認為…」的時候,建議說 I believe 而不是 I think。雖然你可能會覺得「我對自己的意見不是那麼有自信」,但**在全球化社會中,無論是對還是錯,重要的是有自己的想法和意見**。

我一直記著菲律賓籍的前上司告訴我的:「Perception becomes reality.」(認知會成為事實)。在工作上,最重要的不是「能不能做到」,而是「看起來是否做得到」、「這個人是否讓人覺得可以託付」。如果不是的話,機會是不會降臨的。所以,先讓自己看起來做得到、令人感覺可靠很重要。在全球化社會,開會時也應該積極進取地表現自己的熱情。在想要強力表達提議或自己的主張時**使用 I believe,聽者也會認真聆聽**。可以的話,請加上合理的根據,大方地說出意見,表達自己的立場。

在前面的對話範例中,把 I believe … 換成簡單的 Yes, we can! 或 We can make it work.,也可以表現出充滿自信的態度。

 ## 敘述個人意見時可以使用的句型

 ▸ 005 ▸　學習與 Unit 2 的場合相關的便利表達方式

- Personally ...
  就我個人而言…
- I may be wrong, but ...
  或許我是錯的，但是…
- From my perspective ...
  從我的觀點來看…
- It seems to me that ...
  在我看來，似乎…
- Based on my experience ...
  根據我的經驗…

這裡要介紹開會等場合中敘述個人意見的表達方式。

Personally ... 是敘述個人意見時最簡單的說法。

I may be wrong, but ... 用於想要稍微謙虛地向對方表達意見的時候。

From my perspective ... 用於有自信地敘述個人看法的時候，後面會接 that makes perfect sense（那非常合理）等等。也可以用這個句型表達反對的意見，或者說 From my perspective as a Japanese person, ...（從身為日本人的我的觀點來看…）等等。

It seems to me that ... 則是雖然不太確定，但想要委婉地表達自己的想法時很方便的說法。在開會時使用這個表達方式，會給人比較正式的印象。

Based on my experience ... 是用來表達根據自身經驗而提出的意見，也可以說 In my experience ...。

021

快速反應訓練

熟練學到的表達方式！

記憶並熟練 Unit 2 學到的表達方式與相關句型。
請看以下的中文，嘗試立刻翻譯成英文。
如果覺得很難的話，請參考下面挖空的英文句子，
思考要填入什麼單字，並且出聲唸唸看。

1 我認為我們能讓它順利進行。
I (　　　) we can (　　　) it work.

2 就我個人而言，我不覺得它有什麼問題。
(　　　), I don't see anything (　　　) with it.

3 或許我是錯的，但我們通常不是會這樣做嗎？
I may be (　　　), but don't we normally do it (　　　) (　　　) ?

4 從我的觀點來看，我認為 Jane 會是比較好的公司總裁。
From my (　　　), I think Jane would make a better (　　　) (　　　).

5 在我看來，我們似乎需要雇用更多員工。
It (　　　) (　　　) me that we need to hire more staff.

6 根據我的經驗，我們不應該等他們回我們的電話。
(　　　) on my (　　　), we should not wait for them to return our call.

7 就我個人而言，我偏好彈性的工作時間。
(　　　), I (　　　) flexible working hours.

8 我認為客戶會很喜歡。
I (　　　) that the (　　　) will love it.

🎧 006 **(解 答)** 請對照中文和英文句子。一邊聽音檔，一邊出聲跟著唸，記憶效果會更好。

1 我認為我們能讓它順利進行。
I believe we can make it work.

2 就我個人而言，我不覺得它有什麼問題。
Personally, I don't see anything wrong with it.

3 或許我是錯的，但我們通常不是會這樣做嗎？
I may be wrong, but don't we normally do it this way?

4 從我的觀點來看，我認為 Jane 會是比較好的公司總裁。
From my perspective, I think Jane would make a better company president.

5 在我看來，我們似乎需要雇用更多員工。
It seems to me that we need to hire more staff.

6 根據我的經驗，我們不應該等他們回我們的電話。
Based on my experience, we should not wait for them to return our call.

7 就我個人而言，我偏好彈性的工作時間。
Personally, I prefer flexible working hours.

8 我認為客戶會很喜歡。
I believe that the client will love it.

熟練學到的表達方式！快速反應訓練

記憶並熟練 Unit 2 學到的表達方式與相關句型。
請看以下的中文，嘗試立刻翻譯成英文。
如果覺得很難的話，請參考下面挖空的英文句子，
思考要填入什麼單字，並且出聲唸唸看。

9 或許我是錯的，但你似乎對某件事不滿意。
I ( ) ( ) ( ), but you ( ) to be unhappy about something.

10 我認為我有資格請一個月的陪產假。
I ( ) I'm entitled to a month's paternity ( ).

11 根據我的經驗，那家承包商比較貴，但工作做得比較好。
( ) on ( ) ( ), that contractor is more expensive but does a ( ) job.

12 在我看來，我們有些人似乎沒有盡自己在團隊中的本分。
It ( ) ( ) ( ) that some of us are not pulling our weight on the team.

13 從我的觀點來看，這個新的專案似乎進行得很順利。
( ) my ( ), this new project ( ) to be going great.

14 在我看來，你似乎（已經）太過努力工作了。
It ( ) ( ) ( ) that you have been working far too ( ).

15 根據我的經驗，兩個星期會不夠長。
( ) ( ) my ( ), two weeks will not be long ( ).

16 或許我是錯的，但你似乎填了不正確的表單。
I ( ) ( ) ( ), but you seem to have ( ) out the ( ) form.

請對照中文和英文句子。
一邊聽音檔，一邊出聲跟著唸，記憶效果會更好。

9 或許我是錯的，但你似乎對某件事不滿意。
I may be wrong, but you seem to be unhappy about something.

10 我認為我有資格請一個月的陪產假。
I believe I'm entitled to a month's paternity leave.

11 根據我的經驗，那家承包商比較貴，但工作做得比較好。
Based on my experience, that contractor is more expensive but does a better job.

12 在我看來，我們有些人似乎沒有盡自己在團隊中的本分。
It seems to me that some of us are not pulling our weight on the team.

13 從我的觀點來看，這個新的專案似乎進行得很順利。
From my perspective, this new project seems to be going great.

14 在我看來，你似乎（已經）太過努力工作了。
It seems to me that you have been working far too hard.

15 根據我的經驗，兩個星期會不夠長。
Based on my experience, two weeks will not be long enough.

16 或許我是錯的，但你似乎填了不正確的表單。
I may be wrong, but you seem to have filled out the incorrect form.

Unit 3

這段對話,哪裡不夠好?

Yuki 正在和上司 Elmar 討論新海報的設計案。
請確認對話內容,思考一下是否有不太自然的地方。

Yuki: Two poster designs have come up. Could you take a look at them?

Elmar: I like them both. What kind of people are you targeting?

Yuki: Young women.

Elmar: In that case, I'd say the language used in Plan B is more suitable for your target market.

Yuki: Yes, but I believe the color scheme in Plan A is more innovative.

中譯

Yuki:兩款海報設計出來了。可以請您看一下嗎?

Elmar:我兩個都喜歡。你的目標設定在哪種人?

Yuki:年輕女性。

Elmar:那樣的話,我會說 B 方案的語言風格比較適合你的目標市場。

Yuki:是的,但我認為 A 方案的配色比較創新。

 **這裡可以更好！**

 Yes, but I believe the color scheme in Plan A is more innovative.

 I see your point, but I believe the color scheme in Plan A is more innovative.

 Yes, but ... 會讓外國人感到困惑

　　我們談話時經常會說「是啊」、「嗯」表示理解對方的意思，但也因為這樣的習慣，似乎有很多人在說英語時，也會用同樣的感覺一直說「Yes, yes」。我以前曾經因為說了「Yes, but ...」，而被外國人上司問「"Yes" or "No"? Which one?」（Yes 還是 No？是哪一個？）。對外國人而言，Yes 就是 Yes，No 就是 No。也就是說，**Yes 被認為就是同意的意思**。如果用 Yes, but 表達反對意見，外國人會感到困惑，不知道你是贊成還是反對。

　　以前在某個專案中，有外國人提到「跟日本客戶開會的時候，對方總是說 "Yes"」，我就提醒他「日本人說的 "Yes." 是 "Let me think."（讓我想想）的意思，而不是 "completely agree"（完全同意）」。我們說 Yes 和外國人說 Yes 的感覺是如此不同，所以**請小心不要太過隨意使用**。

　　不過，在商務場合也有許多無法當場達成共識，而會想說「讓我回去考慮一下」、「我希望審慎討論」的情況。這時候，如果要表達自己理解對方的意思，就可以使用 I see your point.（我明白你的意思）這種說法。

不同意的時候，可以說 I see your point.

 ▸ 008 ▸ 請聽音檔，並且跟讀理想的表達方式。

I see your point, but I believe the color scheme in Plan A is more innovative.

只是想表示理解對方的主張時，可以說 I see your point.（我明白你的意思）。**這並不意味著同意對方**，所以在後面接 but 或 however 並表達反對意見，也不會讓對方感到困惑。I see what you're saying.（我明白你所說的）、I understand what you mean.（我明白你的意思）和 I hear you.（我懂你的意思）等表達方式也一樣，**可以表現出自己傾聽的姿態，以及認知到對方的主張**。先表示理解，再表達自己的主張，就能在尊重對方意見的同時，提出反對的意見。

順道一提，仔細聽對方說話內容的「傾聽」，是商務溝通中非常重要的一項技能。尤其在要和不同背景的外國人合作的全球化社會，**先表現出理解對方說話內容的姿態，對於建立彼此之間的信任關係相當重要**。

如果對方說的話不明確，可以試圖釐清不清楚的地方、表達意見，甚至由自己提出建議。如果有需要克服的問題或顧慮，就算不容易具體表達，也應該及時讓對方知道自己有疑慮的地方，而不是留到以後再談。

 無法立刻回答 Yes 或 No 時可以使用的句型

🎧 > 009 > 學習與 Unit 3 的場合相關的便利表達方式

- Let me consider it.
  讓我考慮一下。
- I'll get back to you soon.
  我很快會再聯絡您。
- I'm not in a position to ...
  我沒有資格…
- I need to talk to my manager.
  我需要和我的經理談談。
- Let me go over it with the team.
  讓我和團隊仔細檢討一下。

　這個單元介紹了表達反對意見之前，先表示理解對方意見的說法，但的確也有一些情況是沒辦法表明贊成或反對的。

　如果想表達「需要時間思考」，可以說 Let me consider it.（讓我考慮一下）或 I'll get back to you soon.（我很快會回覆您），藉此暫緩回答。consider 有「仔細考慮」的意思，會給人比 think 更加認真思考的印象。get back to you 是「之後再聯絡你」的意思。而如果自己沒有決定權，需要上司指示的時候，則可以用 I'm not in a position to ...（我沒有資格…）這個方式來表達，例如 I'm not in a position to make a decision.（我沒有資格下決定）。想表達要「仔細檢討」的時候，可以使用 go over（仔細審查、檢討），例如 Let me go over it with the team.（讓我和團隊仔細檢討一下）。

快速反應訓練

（熟練學到的表達方式！）

記憶並熟練 Unit 3 學到的表達方式與相關句型。
請看以下的中文，嘗試立刻翻譯成英文。
如果覺得很難的話，請參考下面挖空的英文句子，
思考要填入什麼單字，並且出聲唸唸看。

1 我明白您的意思，但我認為 A 方案的配色比較創新。
I (　　) your (　　), but I (　　) the color scheme in Plan A is (　　) innovative.

2 讓我考慮一下。
(　　) me consider it.

3 我很快會再聯絡您。
I'll get (　　) to (　　) soon.

4 我沒有資格給您最終的答案。
I'm (　　) in a (　　) to give you a (　　) answer.

5 我需要和我的經理談談。
I (　　) to talk to my (　　).

6 讓我和團隊仔細檢討一下。
(　　) me (　　) over it with the team.

7 在我做最終決定之前，讓我考慮我們所有選項。
(　　) me (　　) all our options before I make a final (　　).

8 我明白您的意思，但我認為整體上第三個設計更有吸引力。
I (　　) your (　　), but I (　　) the third design is more appealing (　　).

030

請對照中文和英文句子。一邊聽音檔，一邊出聲跟著唸，記憶效果會更好。

1 我明白您的意思，但我認為 A 方案的配色比較創新。
I see your point, but I believe the color scheme in Plan A is more innovative.

2 讓我考慮一下。
Let me consider it.

3 我很快會再聯絡您。
I'll get back to you soon.

4 我沒有資格給您最終的答案。
I'm not in a position to give you a final answer.

5 我需要和我的經理談談。
I need to talk to my manager.

6 讓我和團隊仔細檢討一下。
Let me go over it with the team.

7 在我做最終決定之前，讓我考慮我們所有選項。
Let me consider all our options before I make a final decision.

8 我明白您的意思，但我認為整體上第三個設計更有吸引力。
I see your point, but I believe the third design is more appealing overall.

熟練學到的表達方式！快速反應訓練

記憶並熟練 Unit 3 學到的表達方式與相關句型。
請看以下的中文，嘗試立刻翻譯成英文。
如果覺得很難的話，請參考下面挖空的英文句子，
思考要填入什麼單字，並且出聲唸唸看。

9 在給予自己的意見之前，她會徹底考慮每件事。
She ( ) everything thoroughly before giving her ( ).

10 我和我的經理談談之後再聯絡您。
I'll ( ) ( ) ( ) you after I talk to my manager.

11 她沒有資格那樣對待你。
She's not in a ( ) to ( ) you that way.

12 我們把簡報再仔細檢討一次吧。
Let's ( ) ( ) the presentation one more time.

13 在我能為您購買的物品退款之前，我必須和我的經理談談。
I'll have to ( ) ( ) my manager before I can ( ) your purchase.

14 我不太明白開這麼多會的意義。
I don't really ( ) the ( ) of ( ) so many meetings.

15 讓我考慮我們對於那件事應該採取的最佳方式。
( ) me ( ) the best ( ) we should go about it.

16 再次聯絡您之前，我必須看看我的行事曆（月曆）。
I'll have to look at my ( ) before getting ( ) to you.

請對照中文和英文句子。一邊聽音檔,一邊出聲跟著唸,記憶效果會更好。

9 在給予自己的意見之前,她會徹底考慮每件事。
She considers everything thoroughly before giving her opinion.

10 我和我的經理談談之後再聯絡您。
I'll get back to you after I talk to my manager.

11 她沒有資格那樣對待你。
She's not in a position to treat you that way.

12 我們把簡報再仔細檢討一次吧。
Let's go over the presentation one more time.

13 在我能為您購買的物品退款之前,我必須和我的經理談談。
I'll have to talk to my manager before I can refund your purchase.

14 我不太明白開這麼多會的意義。
I don't really see the point of having so many meetings.

15 讓我考慮我們對於那件事應該採取的最佳方式。
Let me consider the best way we should go about it.

16 再次聯絡您之前,我必須看看我的行事曆(月曆)。
I'll have to look at my calendar before getting back to you.

Unit 4

Q. 這段對話,哪裡不夠好?

外出回到公司的 Hide,正在向上司 Edward 報告工作的情況。
請確認對話內容,思考一下是否有不太自然的地方。

Hide: I'm back.

Edward: You gave a presentation to ABC, right? So, how did they respond?

Hide: They wanted the delivery date to be three days earlier than what we had suggested.

Edward: Three days earlier? That's pretty tough to do. Let's have a meeting this Monday, and we'll all figure out what to do.

Hide: Yes, thank you very much. I know this will be a demanding problem. But I'll try to come up with some ideas before the meeting so we can solve it.

▶ 中譯

Hide:我回來了。

Edward:你向 ABC 公司做了簡報,對吧?所以,他們的反應怎麼樣?

Hide:他們希望到貨日期比我們建議的早三天。

Edward:早三天?那很難。我們下週一開個會,一起思考要怎麼辦。

Hide:好的,非常感謝您。我知道這會是很困難的問題。但我會在會議前努力想出一些主意,好讓我們能夠解決。

 這裡可以更好！

 I know this will be a demanding **problem**.

 I know this will be a demanding **challenge**.

 problem 會讓人覺得「有那麼嚴重嗎？」

　　說到「問題」，我們幾乎都會想到 problem 吧？然而，problem 不止是單純的「問題」而已，**聽起來更像是「很難解決的大問題」，感覺很負面**，所以在全球化的工作場合，要表達發生了什麼問題的時候，不會使用這個單字。假如是電腦故障的情況，對客服使用 problem 這個單字，說 I have a problem with my computer.（我的電腦有問題），倒也沒什麼問題。但如果在工作上用 problem 來表達，就算說的只是一件小事，也會給人好像有嚴重問題的印象，所以最好避免使用。**我對一起工作的同事也會盡量避免使用 problem 這個詞**。

　　如果上司覺得下屬的工作事項有問題時，用 This is a problem. 來表達的話，**會像是嚴厲指責「這是很嚴重的問題」，可能被視為職場霸凌**，必須特別注意。感覺某個人可能遇到問題的時候，也不要說 What's your problem?，而應該說 What's the matter?（怎麼回事？）或 Is there something I can help you with?（有什麼我能幫你的嗎？）比較好。

◎ 用 challenge 表現積極應對的態度

 ▶ 012 ▶ 請聽音檔，並且跟讀理想的表達方式。

I know this will be a demanding **challenge**.

在全球化的商務環境中，就算處在能稱作危機的狀況下，表現積極的態度依然很重要。**challenge 這個單字有「值得挑戰的課題」的意涵**。例如 This is a big challenge for us. 的意思是「這對我們而言是很大的挑戰」，其中帶有「值得挑戰」的語感。所以，用 challenge 代替 problem，**可以表達這個問題是「能藉以達到自我成長與新成就的課題」、「想要努力克服的課題」，而展現出積極的態度**。

表示日常生活中「問題」的單字，除了 challenge 以外，還有 issue。**issue 有「應該討論的問題」的意味，所以會讓人感覺是「應該共同解決的課題」**。

在商業界，最重要的是不要獨自承擔問題，而要隨時分享這些問題，並且盡快採取對策。請用 We need to solve this issue as soon as possible.（我們需要盡快解決這個問題）等表達方式，積極指出問題。另外，在會議等場合要釐清或整理問題點時，The issue is … 是很方便的句型，例如 The issue is that we can't make any profit with that price.（問題在於用那個價錢我們無法獲利）。

表達不容易說出口的事情時可以使用的句型

🎧 › 013 › 學習與 Unit 4 的場合相關的便利表達方式

- **I hate to bring this up, but ...**
  我很不想提起這件事,但…
- **I don't know how to say this, but ...**
  我不知道該怎麼說,但…
- **I'm afraid that ...**
  恐怕…
- **I'd rather not say this, but ...**
  我寧可不要說這件事,但…
- **It's really hard to say this, but ...**
  這很難說出口,但…

　　這裡介紹一些要表達不容易說出口的事情時,可以作為緩衝的句型。

　　bring ～ up 是「提起某事」的意思。先說 I hate to bring this up, but ...,接著就可以表達很難說出口的事,例如 I notice you've been taking a lot of time off work recently.(我注意到你最近請很多假)。

　　I don't know how to say this, but ... 後面可以接 I'm really surprised.(我真的很驚訝)等等,表達生氣、驚訝或悲傷,是用途廣泛而很方便的表達方式。

　　I'd rather not to say this, but ... 中的 rather 是「寧願」的意思,避免了斷定的語氣,可以給人稍微柔和一點的印象。至於 It's rather hot today.(今天挺熱的)這個說法則給人英語很自然、熟練的印象,所以值得記起來。

　　It's really hard to say this, but ... 的後面可以接 there have been several complaints about your attitude.(有些人抱怨你的態度)之類的句子。

快速反應訓練

熟練學到的表達方式！

記憶並熟練 Unit 4 學到的表達方式與相關句型。
請看以下的中文，嘗試立刻翻譯成英文。
如果覺得很難的話，請參考下面挖空的英文句子，
思考要填入什麼單字，並且出聲唸唸看。

1 我知道這會是艱鉅的挑戰。
I know this (　　) be a (　　) (　　).

2 我很不想提起這件事，但我注意到你最近請很多假。
I (　　) to (　　) this up, but I notice you've been taking a lot of time (　　) work recently.

3 我不知道該怎麼說，但你可能做著不適合的（錯的）工作。
I (　　) (　　) (　　) to (　　) this, (　　) you might be in the wrong job.

4 恐怕我不能准予（給予）你要求的休假。
I'm (　　) that I can't give you the days off that you (　　).

5 我寧可不要說這件事，但有些人抱怨你的態度。
I'd (　　) (　　) say this, but there have been several (　　) about your (　　).

6 這很難說出口，但我正在考慮辭職。
It's (　　) (　　) to (　　) this, but I'm thinking about (　　).

7 滿足我們的客戶所要求的標準，將會是非常艱鉅的挑戰。
Meeting the standards requested by our clients will be a (　　) (　　) challenge.

8 恐怕那些正是我打算要度假的日子。
I'm (　　) that those are the very days I was planning to go on (　　).

038

🎧 014　（ 解　答 ）

請對照中文和英文句子。
一邊聽音檔，一邊出聲跟著唸，
記憶效果會更好。

1　我知道這會是艱鉅的挑戰。
I know this will be a demanding challenge.

2　我很不想提起這件事，但我注意到你最近請很多假。
I hate to bring this up, but I notice you've been taking a lot of time off work recently.

3　我不知道該怎麼說，但你可能做著不適合的（錯的）工作。
I don't know how to say this, but you might be in the wrong job.

4　恐怕我不能准予（給予）你要求的休假。
I'm afraid that I can't give you the days off that you requested.

5　我寧可不要說這件事，但有些人抱怨你的態度。
I'd rather not say this, but there have been several complaints about your attitude.

6　這很難說出口，但我正在考慮辭職。
It's really hard to say this, but I'm thinking about quitting.

7　滿足我們的客戶所要求的標準，將會是非常艱鉅的挑戰。
Meeting the standards requested by our clients will be a highly demanding challenge.

8　恐怕那些正是我打算要度假的日子。
I'm afraid that those are the very days I was planning to go on vacation.

快速反應訓練

熟練學到的表達方式！

記憶並熟練 Unit 4 學到的表達方式與相關句型。
請看以下的中文，嘗試立刻翻譯成英文。
如果覺得很難的話，請參考下面挖空的英文句子，
思考要填入什麼單字，並且出聲唸唸看。

9 Sharon 似乎在接受艱鉅的挑戰時表現出色。
Sharon seems to (　　　) on taking on (　　　) (　　　).

10 我很不想提起這件事，但似乎你在我們開會時都一直在睡覺。
I (　　　) to (　　　) this (　　　), but it (　　　) like you've been sleeping through all our meetings.

11 我寧可不要說這件事，但我確信 Sam 一直把辦公室用品帶回家。
I'd (　　　) (　　　) (　　　) (　　　), but I (　　　) Sam has been taking office supplies home with him.

12 我不知道該怎麼說，但有衛生紙黏在你的鞋子上。
I (　　　) (　　　) (　　　) to say this, but you have some toilet paper (　　　) to your shoe.

13 我不知道該怎麼說，但最近你的工作表現在下滑。
I (　　　) know (　　　) (　　　) (　　　) (　　　), but your work has been (　　　) lately.

14 這很難說出口，但我們不會延長你的合約。
It's (　　　) (　　　) to (　　　) (　　　), but we won't be extending your (　　　).

15 我寧可不要說這件事，但我想你應該要知道，這麼大聲嚼口香糖會打擾到你的同事。
(　　　) (　　　) (　　　) say this, but I think you should know that (　　　) your gum so loudly is disturbing your co-workers.

16 這很難說出口，儘管你很努力，但我們這次會讓 Janice 升職。
It's (　　　) (　　　) to (　　　) (　　　), but despite all your hard work, we will be giving the (　　　) to Janice this time.

🎧 015　（ 解 答 ）

請對照中文和英文句子。
一邊聽音檔，一邊出聲跟著唸，記憶效果會更好。

9. Sharon 似乎在接受艱鉅的挑戰時表現出色。
   Sharon seems to thrive on taking on demanding challenges.

10. 我很不想提起這件事，但似乎你在我們開會時都一直在睡覺。
    I hate to bring this up, but it seems like you've been sleeping through all our meetings.

11. 我寧可不要說這件事，但我確信 Sam 一直把辦公室用品帶回家。
    I'd rather not say this, but I believe Sam has been taking office supplies home with him.

12. 我不知道該怎麼說，但有衛生紙黏在你的鞋子上。
    I don't know how to say this, but you have some toilet paper stuck to your shoe.

13. 我不知道該怎麼說，但最近你的工作表現在下滑。
    I don't know how to say this, but your work has been slipping lately.

14. 這很難說出口，但我們不會延長你的合約。
    It's really hard to say this, but we won't be extending your contract.

15. 我寧可不要說這件事，但我想你應該要知道，這麼大聲嚼口香糖會打擾到你的同事。
    I'd rather not say this, but I think you should know that chewing your gum so loudly is disturbing your co-workers.

16. 這很難說出口，儘管你很努力，但我們這次會讓 Janice 升職。
    It's really hard to say this, but despite all your hard work, we will be giving the promotion to Janice this time.

041

Unit 5

Q. 這段對話,哪裡不夠好?

Saori 正在電話上催促多次拖延期限的業務往來對象。
請確認對話內容,思考一下是否有不太自然的地方。

Saori: Hello. This is Saori from ABC.

Ben: Hello.

Saori: Um, I was supposed to get a quote today.

Ben: Oh, I'm sorry.

Saori: It'd be appreciated if you'd manage this by tomorrow.

中譯

Saori:哈囉。我是 ABC 公司的 Saori。

Ben:哈囉。

Saori:嗯,今天我應該要收到報價的。

Ben:噢,抱歉。

Saori:如果您在明天之前處理好這件事,將不勝感激。

A. 這裡可以更好！

△ It'd be appreciated if you'd manage this by tomorrow.

◎ I'd appreciate it if you'd manage this by tomorrow.

△ 禮貌用語要視對方的態度區分用法

對商務人士而言，**使用禮貌用語就像是穿西裝一樣**。尤其向人表達要求或希望的時候，不會直接說 I will appreciate it if ...，而會改用比較禮貌的過去式 I would appreciate it if ...。如果想要更加禮貌，則會改成被動態 It would be appreciated if ...。

用禮貌的口吻和業務往來對象溝通，這一點本身完全沒問題，因為「一開始要表現溫和」是基本原則。不過，商務會話也要視對方的態度決定溝通方式。**對工作不認真的人太過禮貌，會產生反效果**。例如這裡的對話，對不遵守承諾的往來對象使用過去式和被動態的 It'd be appreciated if you'd manage this by tomorrow., 就太過禮貌了。

「即使親近的關係，也要有禮儀分寸」，這在全世界都一樣。和國籍、文化、語言、宗教都不同的外國人溝通時，也容易產生誤解，所以要比使用母語時更注意用禮貌的方式表達。但是，**商業界也講求成果**。如果必須和工作一直沒有成效、或太散漫而做不好份內工作的人共事，就必須採取堅定的態度，改用直接的方式來表達。

明確表達不滿與要求

> 016 > 請聽音檔,並且跟讀理想的表達方式。

I'd appreciate it if you'd manage this by tomorrow.

要向工作不認真的人禮貌又明確地表達要求時,將 It'd be appreciated if ... 改成主動態的 I'd appreciate it if ...,**可以降低禮貌的程度,而更直接傳達自己的意思**。

在全球化社會中,「不用說也應該知道吧」這種想法是行不通的。**對人有不滿或要求時,明確表達出來是很重要的**。例如,當對方沒有給予足夠的支持,想要表達失望的時候,就要用 disappointed 這個單字及時表達出來:I'm very disappointed with your lack of support.(你的支持不夠,讓我非常失望)。而如果對方不遵守期限,則可以說 As we spoke earlier, I was expecting to receive it yesterday.(如同我們之前所說的,我原本預計昨天會收到),或者 I'd be willing to wait for another two days if you have a good reason.(如果你有正當的理由,我願意再等兩天),**明確表達希望對方在哪時候做好什麼事**。要是對方的態度仍然沒有改善,那麼用 Honestly speaking, I'm not happy about your attitude.(老實說,我對你的態度很不滿)或 You need to manage this by tomorrow.(你必須在明天前處理好這件事)等比較強硬的說法也很有效。

商業界總是會為對方著想。但如果對人有不滿或要求,這時候直白而明確地表達,也是工作的一部分。

趕不上期限或時間的時候可以使用的句型

> 017 > 學習與 Unit 5 的場合相關的便利表達方式

- **Could we postpone the due date until ...?**
  我們可以把截止日期延到…嗎？

- **Could you kindly push back our meeting by 30 minutes?**
  可以請您把我們的會議延後 30 分鐘嗎？

- **I'd appreciate it if you could extend the deadline for the submission of reports.**
  如果您可以延長報告的提交期限，我會很感謝的。

- **Could you possibly put off the deadline for our project till ...?**
  您可以把我們專案的期限延後到…嗎？

　　這裡要介紹的場景相關句型，是想表達「趕不上期限／時間了！」的時候可以使用的說法。希望延後截止期限的時候，可以用 postpone（延後～）來表達，例如 Could we postpone the due date until next Wednesday?（我們可以把截止日期延到下星期三嗎？）。due date 是「截止日期」的意思。postpone 也可以替換成 extend（延長～）。

　　push back（延後）在公司內部談到會議時間變更時很常用，例如 Could you kindly push back our meeting by 30 minutes?（可以請您把我們的會議延後 30 分鐘嗎？）。因為這個說法比較非正式，所以在想表現正式的時候，說 postpone 比較保險。加上 kindly、please 或 possibly 等詞語，會顯得比較禮貌，很推薦在想增加表達方式多樣性時使用。

熟練學到的表達方式！快速反應訓練

記憶並熟練 Unit 5 學到的表達方式與相關句型。
請看以下的中文，嘗試立刻翻譯成英文。
如果覺得很難的話，請參考下面挖空的英文句子，
思考要填入什麼單字，並且出聲唸唸看。

1 如果您在明天之前處理好這件事，我會很感謝的。
I'd (　　　) it if you'd (　　　) this by tomorrow.

2 我們可以把截止日期延到下星期三嗎？
(　　　) we (　　　) the due date until next Wednesday?

3 可以請您把我們的會議延後 30 分鐘嗎？
(　　　) you (　　　) push (　　　) our meeting by 30 minutes?

4 如果您可以延長報告的提交期限，我會很感謝的。
I'd (　　　) it if you (　　　) (　　　) the deadline for the submission of reports.

5 您有可能把我們專案的期限延後到下週嗎？
(　　　) you possibly (　　　) off the deadline for our project till next week?

6 如果您幫我打電話給她，我會很感謝的。
I'd (　　　) (　　　) (　　　) you'd call her for me.

7 我們可以把簡報延到我們準備好所有數據的時候嗎？
Could we (　　　) the presentation (　　　) we have all the data in place?

8 專案的啟動會議已經被延後到下週了。
The project's kickoff meeting has been (　　　) (　　　) (　　　) next week.

🎧 018 (解答) 請對照中文和英文句子。一邊聽音檔,一邊出聲跟著唸,記憶效果會更好。

1. 如果您在明天之前處理好這件事,我會很感謝的。
I'd appreciate it if you'd manage this by tomorrow.

2. 我們可以把截止日期延到下星期三嗎?
Could we postpone the due date until next Wednesday?

3. 可以請您把我們的會議延後 30 分鐘嗎?
Could you kindly push back our meeting by 30 minutes?

4. 如果您可以延長報告的提交期限,我會很感謝的。
I'd appreciate it if you could extend the deadline for the submission of reports.

5. 您有可能把我們專案的期限延後到下週嗎?
Could you possibly put off the deadline for our project till next week?

6. 如果您幫我打電話給她,我會很感謝的。
I'd appreciate it if you'd call her for me.

7. 我們可以把簡報延到我們準備好所有數據的時候嗎?
Could we postpone the presentation until we have all the data in place?

8. 專案的啟動會議已經被延後到下週了。
The project's kickoff meeting has been put off till next week.

047

熟練學到的表達方式！快速反應訓練

記憶並熟練 Unit 5 學到的表達方式與相關句型。
請看以下的中文，嘗試立刻翻譯成英文。
如果覺得很難的話，請參考下面挖空的英文句子，
思考要填入什麼單字，並且出聲唸唸看。

9 您可以不要把髒的杯子留在水槽裡嗎？
(　　　) you possibly not (　　　) your dirty cups in the sink?

10 如果您可以找時間幫忙我這件事，我會很感謝的。
I'd (　　　) it if you (　　　) find the time to help me with this.

11 我們已經決定把新產品的發售日期延後到這個月底。
We've decided to (　　　) (　　　) the (　　　) (　　　) of the new product until the end of this month.

12 客戶把期限延長到下星期五了。
The client (　　　) the (　　　) to next Friday.

13 可以請您幫我搬這台影印機嗎？
(　　　) you kindly lend me a (　　　) moving this copier?

14 如果您能給我一些回饋意見，我會很感謝的。
I'd (　　　) it if you (　　　) give me some (　　　).

15 您可以把期限延長三個工作天嗎？
(　　　) you possibly (　　　) the (　　　) by three working days?

16 我們暫緩做最終決定，跟我們的專家談過再說吧。
Let's (　　　) (　　　) making a final decision (　　　) we've talked to one of our (　　　).

048

🎧 019 (解答)

請對照中文和英文句子。
一邊聽音檔，一邊出聲跟著唸，
記憶效果會更好。

9 您可以不要把髒的杯子留在水槽裡嗎？
Could you possibly not leave your dirty cups in the sink?

10 如果您可以找時間幫忙我這件事，我會很感謝的。
I'd appreciate it if you could find the time to help me with this.

11 我們已經決定把新產品的發售日期延後到這個月底。
We've decided to push back the release date of the new product until the end of this month.

12 客戶把期限延長到下星期五了。
The client extended the deadline to next Friday.

13 可以請您幫我搬這台影印機嗎？
Could you kindly lend me a hand moving this copier?

14 如果您能給我一些回饋意見，我會很感謝的。
I'd appreciate it if you could give me some feedback.

15 您可以把期限延長三個工作天嗎？
Could you possibly extend the deadline by three working days?

16 我們暫緩做最終決定，跟我們的專家談過再說吧。
Let's put off making a final decision until we've talked to one of our experts.

Unit 6

Q. 這段對話，哪裡不夠好？

Hiro 和上司 Claude 一起到客戶 Leo 的公司進行簡報。請確認對話內容，思考一下是否有不太自然的地方。

Hiro: Thank you for taking the time to speak with us today.

Leo: I've been interested in your services for a long time. Thank you for taking the time to come here.

Claude: Hiro just joined us in May, but he has five years of experience in the education industry.

Leo: That's promising.

Hiro: Actually, it's my first time to give a presentation. I'm so nervous. Now, let's get started.

中譯

Hiro：謝謝您今天抽出時間跟我們談。

Leo：我很久之前就對你們的服務有興趣了。謝謝你們抽出時間過來。

Claude：Hiro 五月剛加入我們公司，但他在教育業界有五年經驗。

Leo：感覺很有前途呢。

Hiro：其實這是我第一次進行簡報。我好緊張。我們現在就開始吧。

A. 這裡可以更好！

△ I'm so **nervous**.

◎ I'm so **excited**.

> △ **nervous 會讓人覺得「這個人真的沒問題嗎？」**

　　我覺得很多人在自我介紹或簡報時會過度謙虛。雖然就算說了 I'm so nervous.（我好緊張），外國人基本上也會帶著笑容表現親切，**但心裡應該會覺得「這個人真的沒問題嗎⋯」**。這是因為在全球化社會中，對任何事都採取「積極進取」、「做得到」的正面態度，是基本原則。在這種環境下，用 I'm so nervous 強調自己沒自信，或者像 I cannot speak English. 一樣不斷說 not 的人，是不會獲得肯定的。以前我也總是說「I'm sorry, I cannot speak English very well.」，結果被一位美國朋友說「這聽起來一點也不吸引人」，讓我感覺受到打擊。

　　根據加拿大麥基爾大學的一項研究，就算是用非母語的口音，說話充滿自信的人也比較容易獲得信任。我認為，這對非母語人士而言是首要的改善方向。**在國際商務場合中，謙虛或討好並不是必要的**。真正需要的是，在彼此的文化和習慣都不同的環境中，像個專業人士一樣釐清未來的發展，並思考對策與行動。**獲得對方信任的捷徑，是不要貶低自己，而要抬頭挺胸，展現落落大方的態度**。

051

塑造充滿自信的形象

🎧 > 020 > 請聽音檔,並且跟讀理想的表達方式。

I'm so **excited**.

在自我介紹或簡報的場合,**「保持積極」是最基本的**。就算有點不安,也請用 I'm so excited. 表現出積極進取的心態。如果更具體地說 I'm so excited to discuss this.(我很興奮能討論這件事),就更能傳達積極的感覺。

如果無法消除對於用英語表達的不安,那麼坦白說出 My accent may not be clear. Please stop me anytime if you have any questions.(我的口音可能不清楚。如果有任何問題,請隨時叫停),也能讓外國人比較自在地打斷並且發問。

或許有些人對於在講英語的場合突然「改變人設」、變成像是很積極的性格,會感覺不好意思。但事實上,其他非母語人士在使用母語和使用英語的時候,性格也會顯得不太一樣。有一位在大型外資企業擔任首席財務長(CFO)的中國人,也是我的越級主管(上司的上司),說為了讓自己看起來積極且充滿自信,一開始是從練習大聲說「Hi, how are you?」打招呼開始的。我記得自己聽到的時候很驚訝:「連您也要這樣練習嗎?」,也因此受到鼓勵。

要能表現出落落大方的態度與積極進取的舉止,唯有依賴平時的練習。請使用正向的詞語,避免貶低自己的表達方式。

特意表明自身弱點時可以使用的句型

> 021 > 學習與 Unit 6 的場合相關的便利表達方式

- **I'm embarrassed to tell you this, but ...**
  說起來不好意思，但…
- **To be honest with you ...**
  老實說…
- **Shamefully ...**
  說起來丟臉…

雖然貶低自己不好，但隱瞞自己不會或不懂的事也不行。而且，表明「其實…」，誠實地讓對方看見自己的弱點，反而有可能建立彼此信賴的關係。

I'm embarrassed to tell you this, but ... 中的動詞 embarrass，意思是「使人感到尷尬、不好意思」。

To be honest with you ... 這個表達方式，讓人感受到「我要對你說出真心話」的態度，可以縮短與對方的距離。

Shamefully ... 的意思是「說起來丟臉…」，這個實用的詞我自己也很常用。

在這些表達方式之後，可以接著說 I'm not confident with that idea.（我對那個主意沒有信心）、I'm not very familiar with that field.（我對那個領域不太熟悉）等等沒有自信或感到不安的內容。

「策略性」透露自身的弱點，也是一種手段。有時候，展現弱點可以讓各種人出手相助，而達到更好的成果。

快速反應訓練

熟練學到的表達方式！

記憶並熟練 Unit 6 學到的表達方式與相關句型。
請看以下的中文，嘗試立刻翻譯成英文。
如果覺得很難的話，請參考下面挖空的英文句子，
思考要填入什麼單字，並且出聲唸唸看。

1 我很興奮終於能跟你見面了！
I'm so (　　　) to (　　　) be able to meet you!

2 說起來不好意思，但我其實不認為自己有做這件事的技能。
I'm (　　　) to (　　　) you this, but I actually (　　　) think I have the skills to do it.

3 老實說，顧客服務不是我的強項。
(　　　) be (　　　) with you, (　　　) service is not my forte.

4 說起來丟臉，但我不知道那件事。
(　　　), I didn't know about that.

5 說起來有點不好意思，但我其實不知道怎麼用那台機器。
I'm a (　　　) (　　　) to say this, but I (　　　) don't know (　　　) to use that machine.

6 老實說，我討厭用 Excel 工作。
(　　　) (　　　) (　　　) with you, I hate working (　　　) Excel.

7 James 不好意思地承認，他沒有為簡報做好充分的準備。
James has (　　　) (　　　) to not preparing adequately for the (　　　).

8 我很不好意思承認，但我其實不懂你說的。
I'm so (　　　) to (　　　) this, but I (　　　) don't understand what you're saying.

🎧 022 （ 解答 ）

請對照中文和英文句子。
一邊聽音檔，一邊出聲跟著唸，
記憶效果會更好。

1. 我很興奮終於能跟你見面了！
I'm so excited to finally be able to meet you!

2. 說起來不好意思，但我其實不認為自己有做這件事的技能。
I'm embarrassed to tell you this, but I actually don't think I have the skills to do it.

3. 老實說，顧客服務不是我的強項。
To be honest with you, customer service is not my forte.

4. 說起來丟臉，但我不知道那件事。
Shamefully, I didn't know about that.

5. 說起來有點不好意思，但我其實不知道怎麼用那台機器。
I'm a little embarrassed to say this, but I actually don't know how to use that machine.

6. 老實說，我討厭用 Excel 工作。
To be honest with you, I hate working with Excel.

7. James 不好意思地承認，他沒有為簡報做好充分的準備。
James has shamefully admitted to not preparing adequately for the presentation.

8. 我很不好意思承認，但我其實不懂你說的。
I'm so embarrassed to admit this, but I actually don't understand what you're saying.

使用感覺正向的動詞，使工作充滿興奮與期待

　　既然要工作，就會希望和周圍的人一起懷抱興奮與期待的心情，積極地進行工作。

　　為了實現這個目標，我會有意識地使用 explore（探討）這個動詞。它的原意是「探索」，有冒險的感覺，能提高對於未知挑戰的興奮感。在執行新的專案或徹底探討創新的改善方法時，特意使用這個詞的話，就能向客戶或同事展現強烈的決心、讓他們看見可能性，而能達到激勵的效果。

- **We need to explore how we can sell our Japanese products in Singapore.**
  我們需要探討能夠在新加坡銷售我們日本產品的方法。

　　同樣能讓人感到興奮與期待的詞語，還有 initiate（開始）、drive（推動）、launch（推出）和 generate（產生）。

- **We need to initiate a plan to restructure the business.**
  我們需要開始進行重組事業的計畫。

- **I need everyone's cooperation in order to drive this project.**
  我需要各位的合作來推動這個專案。

- **We will launch two completely new services.**
  我們將推出兩項全新的服務。

- **We can generate leads through this promotion.**
  我們可以透過這次促銷活動開發潛在客戶。

Chapter 2

「有點沒分寸耶…」
讓人不舒服的英語

「英語好像沒有敬語,那就輕鬆說吧!」
這樣想的人要注意了。
本章將介紹可能讓人覺得「自以為了不起」、
「不會太隨便嗎?」,
而引起不悅的一些句子。

Unit 7

Q. 這段對話,哪裡不夠好?

Yukari 第一次拜訪業務往來對象 Maria 的公司。
Yukari 想要岔開話題,向 Maria 探詢開會討論的機會。
請看以下對話,思考一下是否有不太自然的地方。

Yukari: Hi, Maria! It's nice to meet you. I'm Yukari from ABC Trading.

Maria: It's a pleasure to meet you, Yukari.

Yukari: I've heard a lot about your company and especially your extensive network in Asia.

Maria: Yes, we have offices in 10 countries now.

Yukari: I'd really like to arrange a meeting so that I can get your opinion on a few things. When is convenient for you?

中譯

Yukari:嗨,Maria!很高興見到您。我是 ABC 貿易的 Yukari。

Maria:很高興見到您,Yukari。

Yukari:我經常聽說關於貴公司的事,尤其是你們在亞洲大範圍的網絡。

Maria:是的,我們現在在 10 個國家設有辦公室。

Yukari:我很想安排一場會議,以便向您請教關於一些事的意見。您什麼時候方便?

A. 這裡可以更好！

△ When is convenient for you?

◎ When would be convenient for you?

△ **When is …? 讓人感覺「太厚臉皮了吧？」**

　　When is convenient for you? 的英語本身當然沒有錯。但如果像這裡的對話一樣，用來向對方表達希望安排新會議的話，感覺就好像不理會對方是否有意願開會，硬是要問「可以告訴我你哪時候方便嗎？」，不留給人家選擇的餘地。這樣一來，**有可能讓對方感覺「很厚臉皮」**。

　　約訪就是初次見面的問候，也是決定第一印象的重要環節。雖然在日本也有「先見個面」或「簡單打個招呼」的簡單會議，但在全球化社會中，既然雙方都抽出時間見面了，就多少需要達成某些成果或共識。所以，**預約會面時向對方展現最高程度的敬意也很重要**。

　　反過來說，如果預約會面時能在對方心中留下禮貌的印象，實際開會時就能更順利地進行商談。正因為是非母語人士，所以更應該注意每一個詞語，盡可能讓人留下好印象。

用 would 表示尊重對方的意願

🎧 ﹥ 023 ﹥　請聽音檔，並且跟讀理想的表達方式。

When would be convenient for you?

　　想表現自己尊重對方的意願，同時禮貌地問對方什麼時候方便，建議用 would 來表達：When would be convenient for you?（您什麼時候方便呢？）。從 would 的原形是 will 可以看出，**這是詢問「對方是否有意願」的表達方式**。只要把 is 的部分改用 would 來表達，詢問時就能顯現出禮貌而委婉的姿態。

　　雖然也可以像 When will be convenient for you? 一樣，用原形 will 來詢問，但和使用 would 的說法比起來，感覺比較不正式，所以對商務場合初次見面的對象用 would 比較好。

　　雖然只是一個詞的差異，卻能大幅提升留給對方的印象。尤其在安排會面等商務上重要的場面，更應該仔細考慮用字遣詞。

　　為了向百忙之中抽空會面的對方表示敬意，而且**讓對方感覺「抽出時間和這個人會面很有價值」**，我們不應該覺得「只要聽得懂就好」，而應該隨時有意識地使用英語，讓周遭的人產生好感。

和業務往來對象安排行程時可以使用的句型

🎧 > 024 > 學習與 Unit 7 的場合相關的便利表達方式

- That would be fine.
  那樣可以。
- I'm afraid that I have other plans on that day.
  恐怕我那天有其他安排。
- Are you available sometime next week?
  您下週有空嗎？
- I'll adjust my schedule to accommodate yours.
  我會配合您的行程進行調整。
- I'd appreciate it if you could visit us at your convenience.
  如果您能在方便的時候來訪，我會很感謝的。

　　和業務往來對象安排行程時，雖然委婉地詢問也有其效果，但有時候問具體的日期和時間比較快。此外，也有一些情況是無法配合對方希望的日期與時間。所以，這裡介紹一些確認與協調具體時間的句型。

　　當對方詢問「某一天可以嗎？」，要回答「沒問題」的時候，可以說 That would be fine.。用 would 來表達會顯得比較委婉而禮貌。

　　在商務場合中，available 是用來表示「（行程方面）有空」「有時間可應對」的意思。

　　accommodate 在這裡是取「使適應」的意思。上面的例子也可以改成 I'll adjust my schedule accordingly.。

　　at your convenience 是我最常用的表達方式。如果想要表達「請盡可能早一點」，可以說 at your earliest convenience，會比 as soon as possible 更有禮貌。

061

快速反應訓練

熟練學到的表達方式！

記憶並熟練 Unit 7 學到的表達方式與相關句型。
請看以下的中文，嘗試立刻翻譯成英文。
如果覺得很難的話，請參考下面挖空的英文句子，
思考要填入什麼單字，並且出聲唸唸看。

1 您什麼時候方便呢？
When (　　　) (　　　) convenient for you?

2 那樣可以。
That (　　　) be (　　　).

3 恐怕我那天有其他安排。
I'm (　　　) that I (　　　) other (　　　) on that day.

4 您下週有空嗎？
Are you (　　　) (　　　) next week?

5 我會配合您的行程進行調整。
I'll (　　　) my schedule to (　　　) yours.

6 如果您能在方便的時候來訪，我會很感謝的。
I'd appreciate it if you could visit us (　　　) your (　　　).

7 我什麼時候順道拜訪最方便呢？
When (　　　) be the most (　　　) time for me to drop in?

8 您今天稍晚有空聊一下嗎？
Are you (　　　) for a little talk later on (　　　)?

025 （ 解答 ）

請對照中文和英文句子。
一邊聽音檔，一邊出聲跟著唸，
記憶效果會更好。

1. 您什麼時候方便呢？
When would be convenient for you?

2. 那樣可以。
That would be fine.

3. 恐怕我那天有其他安排。
I'm afraid that I have other plans on that day.

4. 您下週有空嗎？
Are you available sometime next week?

5. 我會配合您的行程進行調整。
I'll adjust my schedule to accommodate yours.

6. 如果您能在方便的時候來訪，我會很感謝的。
I'd appreciate it if you could visit us at your convenience.

7. 我什麼時候順道拜訪最方便呢？
When would be the most convenient time for me to drop in?

8. 您今天稍晚有空聊一下嗎？
Are you available for a little talk later on today?

快速反應訓練
（熟練學到的表達方式！）

記憶並熟練 Unit 7 學到的表達方式與相關句型。
請看以下的中文，嘗試立刻翻譯成英文。
如果覺得很難的話，請參考下面挖空的英文句子，
思考要填入什麼單字，並且出聲唸唸看。

9 如果您能在方便時檢查一下這個，我會很感謝的。
I'd appreciate it if you could (　　　) this over
(　　　) your (　　　).

10 我會配合您的行程調整會議時間。
I'll (　　　) the time of the (　　　) to (　　　) your schedule.

11 假如您把它延後一週，也完全可以。
It (　　　) be absolutely (　　　) with me if you
(　　　) it by a week.

12 你辭職後還有空幫我們做些自由接案的工作嗎？
Will you still (　　　)(　　　) to do some
freelance work for us after you quit?

13 上班途中你方便順道去印刷廠嗎？
(　　　) it (　　　)(　　　) for you (　　　) drop
by the printers on the way to the office?

14 你能配合客戶的截止期限調整你的暑休行程嗎？
Can you (　　　) your summer vacation (　　　)
around your clients'(　　　) ?

15 我能配合您的行程調整我的行程。
I can (　　　) my (　　　) to (　　　) yours.

16 我必須確認我的行事曆，但我想星期四可以。
I'll have to check my calendar, but I think Thursday
(　　　)(　　　)(　　　).

064

🎧 026 （ 解 答 ）

請對照中文和英文句子。
一邊聽音檔，一邊出聲跟著唸，
記憶效果會更好。

9 如果您能在方便時檢查一下這個，我會很感謝的。
I'd appreciate it if you could look this over at your convenience.

10 我會配合您的行程調整會議時間。
I'll adjust the time of the meeting to accommodate your schedule.

11 假如您把它延後一週，也完全可以。
It would be absolutely fine with me if you postponed it by a week.

12 你辭職後還有空幫我們做些自由接案的工作嗎？
Will you still be available to do some freelance work for us after you quit?

13 上班途中你方便順道去印刷廠嗎？
Would it be convenient for you to drop by the printers on the way to the office?

14 你能配合客戶的截止期限調整你的暑休行程嗎？
Can you adjust your summer vacation schedule around your clients' deadlines?

15 我能配合您的行程調整我的行程。
I can adjust my schedule to fit yours.

16 我必須確認我的行事曆，但我想星期四可以。
I'll have to check my calendar, but I think Thursday would be fine.

Unit 8

Q. 這段對話，哪裡不夠好？

上司 Nicholas 注意到還沒分享後天的會議資料。
Ken 聽到之後，向同事 Emma 確認這件事。
請看以下對話，思考一下是否有不太自然的地方。

Nicholas: We're meeting the day after tomorrow. But we haven't shared the sales report yet, have we?

Ken: Not yet. Emma is supposed to be in charge of compiling it. Emma, you didn't send us the document.

Emma: You said you were going to do this one.

Ken: Is that so? I thought we had agreed that you'd do it.

中譯

Nicholas：我們後天要開會。但是我們還沒分享銷售報告，是嗎？

Ken：還沒。Emma 應該負責編寫報告的。Emma，你沒把文件傳給我們。

Emma：你說過你會做這件事。

Ken：是嗎？我以為我們已經說好由你來做。

A. 這裡可以更好！

△ You didn't send us the document.

◎ I haven't received the document yet.

△ 使用主詞 You 會有指責的語氣

　　我經常看到日本人像 You didn't send us the document. 這樣使用主詞 You。在本單元的會話情境中，用主詞 You 的感覺就像「是你沒傳文件」，**聽起來像是說話者單方面指責對方**。被這樣說的人應該會覺得，明明還不清楚是誰的錯，「這樣擅自下定論，真讓人不舒服」。尤其在還有討論空間的情況下，用主詞 You 來表達的話，會給人強勢而無禮的印象。

　　同樣的內容，**把主詞改成 I 來表達的話，就可以不帶指責語氣地說出來**，例如 You don't understand me.（你不懂我的意思）⇨ Perhaps I'm not making myself clear.（或許我沒把自己的意思說清楚）、You need to give us a better price.（你需要給我們比較好的價格）⇨ We are looking for a better price.（我們希望得到比較好的價格）、You don't help us enough.（你沒有給我們足夠的幫助）⇨ We feel like we need more support from you.（我們覺得需要你更多的幫助）等等。

用主詞 I ＋ haven't，表現出「我到現在還沒收到」的語感

🎧 > 027 > 請聽音檔，並且跟讀理想的表達方式。

I haven't received the document yet.

除了將主詞 You 改成 I，避免用指責的口氣來表達以外，**另一個重點是用 haven't received（have ＋過去分詞）來表達**。

如果使用過去式 I didn't receive ... 的話，就只是「過去某個時間點沒有收到」的意思，而現在完成式 I haven't received ... 則有「從某個時間點到現在都還沒收到」的意義。也就是說，I haven't received the document yet. 可以表現出「**在說話的那一刻都還沒收到文件**」的語感。所以，在需要表達催促之意的商務場合中，我很常用 haven't 來表達。

在多國籍人士聚集的全球商務環境中，經常發生以為對方會幫忙做某件事，但對方也預期自己會去做的溝通不良情況。例如本單元對話中的情況，雖然不清楚是對方還是自己的問題，但因為工作已經卡住了，為了不影響後續的工作，所以需要確認。在這樣的情況下，不要使用單方面指責對方的語氣，而應該**使用主詞 I 和 haven't，委婉地表達「到現在還沒收到」**。

確認進度時可以使用的句型

> 028 > 學習與 Unit 8 的場合相關的便利表達方式

- **How's the project going?**
  專案進行得怎樣？
- **Could you tell us about the current progress?**
  可以請你告訴我們目前的進度嗎？
- **Anything new I need to know?**
  有什麼我需要知道的新消息嗎？

　　這些是向下屬、團隊成員或同事確認專案進度時可以使用的句型。我自己平時就會定期詢問團隊成員，努力創造讓成員容易報告情況的環境，這時候說 How's the project going?（專案進行得怎樣？）就可以用輕鬆的口氣詢問，在不需要太拘謹的場合是很方便的表達方式。

　　Could you tell us about the current progress? 則是稍微正式的說法，在會議等場合要好好確認進度時，這個表達方式比較好。

　　Anything new I need to know? 則可以用來確認在上次報告之後，是否有什麼新的進展。

　　而如果自己是需要報告進度的人，對上司說 I'll keep you updated.（我會隨時向您報告最新消息），可以留下好印象。另外，要報告已經完成的工作時，和單純的 finish 比起來，accomplish（達成）、manage to ...（設法做到⋯）等積極進取的詞語更能突顯成果。

熟練學到的表達方式！快速反應訓練

記憶並熟練 Unit 8 學到的表達方式與相關句型。
請看以下的中文，嘗試立刻翻譯成英文。
如果覺得很難的話，請參考下面挖空的英文句子，
思考要填入什麼單字，並且出聲唸唸看。

1 我還沒收到文件。
I (　　　) (　　　) the document (　　　).

2 專案進行得怎樣？
How's the (　　　) (　　　)?

3 可以請你告訴我們目前的進度嗎？
Could you tell us about the (　　　) (　　　)?

4 有什麼我需要知道的新消息嗎？
(　　　) new I (　　　) to know?

5 AI 的世界裡有什麼我們能用在公司的新東西嗎？
(　　　) (　　　) in the world of AI that we could use at our company?

6 可以請你告訴我你的專案目前的進度嗎？
Could you fill me in on the (　　　) (　　　) of your project?

7 我還沒有收到任何消息。
I (　　　) (　　　) any news as yet.

8 和新客戶的一切進行得怎麼樣？
(　　　) everything (　　　) (　　　) the new client?

🎧 029　(解 答)　請對照中文和英文句子。一邊聽音檔,一邊出聲跟著唸,記憶效果會更好。

1　我還沒收到文件。
I haven't received the document yet.

2　專案進行得怎樣？
How's the project going?

3　可以請你告訴我們目前的進度嗎？
Could you tell us about the current progress?

4　有什麼我需要知道的新消息嗎？
Anything new I need to know?

5　AI 的世界裡有什麼我們能用在公司的新東西嗎？
Anything new in the world of AI that we could use at our company?

6　可以請你告訴我你的專案目前的進度嗎？
Could you fill me in on the current progress of your project?

7　我還沒有收到任何消息。
I haven't received any news as yet.

8　和新客戶的一切進行得怎麼樣？
How's everything going with the new client?

Unit 9

Q. 這段對話,哪裡不夠好?

Marie 想請同事 Abdul 做一件事。
請確認對話內容,思考一下是否有不太自然的地方。

Marie: Mr. Abdul, can I have a moment?

Abdul: Sure. What is it?

Marie: I wonder if you could help me with this proposal I made at the last meeting. It was rejected and I've been asked to rework it. I'd like to know what consumers really think. Could you conduct some market research on the internet?

Abdul: Sure. It'll be a piece of cake. When do you need it?

Marie: Please get it done by Friday.

中譯

Marie:Abdul 先生,可以打擾您一下嗎?

Abdul:當然。什麼事?

Marie:我想知道您能不能幫忙(調整)我在上次會議提出的這個提案。當時被駁回了,我被要求修改。我想知道消費者真正的想法。可以請您在網路上做市場調查嗎?

Abdul:當然,小事一樁。你什麼時候需要?

Marie:請在星期五之前完成。

A. 這裡可以更好！

△ Please get it done by Friday.

◎ If possible, I'd like you to get it done by Friday.

△ **Pleaes 有時會讓人覺得「像在下指令」**

　　我想，有很多人會在需要禮貌地請求時使用 please，但它的用法其實是必須小心注意的。這是因為，**在一些情況中，對方聽起來會感覺像是以上對下的姿態提出要求**。例如 Please get it done by Friday.，就算想用 please 表示禮貌，但這仍然是一個命令句。它的語感像是命令對方「請你在星期五之前完成」，而會給對方「像是在下指令，感覺真不舒服」的印象。

　　不過，**這也不表示絕對不能使用 please**。在日常會話中，例如飛機上提供餐點時回答「Coffee, please.」就沒有問題。另外，在英語系國家，大人在教小孩禮貌地提出請求時，會問「魔法詞是什麼？」，提醒他們記得說 please。

　　要小心注意的是在商務場合中使用命令句的情況。尤其以電子郵件等書面形式提出請求時，**不要使用 Please ... 比較好**。另外，也有人像 Please respond as soon as possible. 這樣，除了 Please 還加上了 as soon as possible，想要請對方「盡快」。這個表達方式也會**產生強迫對方的印象**，像是要人「在最短的時間內做好」，所以要求別人的時候最好避免使用。

用緩衝語氣的詞語＋I'd like you to … 表達禮貌

🎧 ▸ 030 ▸ 請聽音檔，並且跟讀理想的表達方式。

If possible, I'd like you to get it done by Friday.

想要盡量禮貌地請求別人時，**可以把 please 換成 I'd like you to ...**。I'd 是 I would 的縮寫，I'd like you to ... 是比 I want you to ... 禮貌的請求方式。雖然 I want you to ... 是請求的表達方式之一，但像是單方面把自己的希望強加在別人身上，接近命令的感覺。只要改成 I'd like you to ...，就會給人禮貌的印象。

不過，只靠 I'd like you to … 無法表現出考慮對方情況的語感，所以**加上緩衝語氣的 If possible（可以的話），就能表示考慮到對方能否配合，而形成更加禮貌的請求方式。**

在商務英語中，保持禮貌是基本原則。基本上，**就算太禮貌也不會有什麼損失**。即使和團隊成員或公司內部人員對話時，並不會一直使用 Would you mind if …? 之類尊敬程度最高的說法，但我認為還是可以維持 If possible, I'd like you to turn in the report by Monday.（可以的話，我希望你在星期一之前提交報告）這種最低限度的禮貌說法。這樣的話，溝通的節奏會更加順暢，也能縮減公司內部的距離感，增加親和力。

麻煩對方做了某事時可以使用的句型

> 031 > 學習與 Unit 9 的場合相關的便利表達方式

- Thank you for taking time out of your busy schedule.
  謝謝您在忙碌的行程中抽出時間。
- Thank you for taking the time out to help me.
  謝謝您抽出時間幫我的忙。
- I truly appreciate your precious time and support.
  我真的很感謝您（付出）寶貴的時間和協助。
- I appreciate your time and effort.
  感謝您（付出）的時間和努力。
- I deeply appreciate your accepting our request on such short notice.
  我深深感謝您在臨時通知的情況下接受我們的請求。

　　當對方接受了有點麻煩的請求，或者百忙之中抽出時間，就應該向對方表達最大的謝意。就算是對上位者，也可以用 help 或 support 表示感謝他們的幫忙，而不會顯得失禮。

　　如果要表達深刻的謝意，可以加上 deeply（深深地）或 truly（真實地）等等，更能禮貌地表達感謝的心情。

　　short notice 是「臨時通知」的意思，例如 I'm sorry for the short notice.（我很抱歉臨時通知），是在臨時通知的情況下提出要求時很常用的詞語。

　　不論在公司內外，如果請某人做了職責以外的事情，或者臨時請求了某人的時候，我都會把對方的上司加入感謝郵件的收件人欄位，並且用 appreciate 表達謝意。這樣一來，可以讓大家知道「幸好有他幫忙」，而讓他獲得別人的肯定。

快速反應訓練

熟練學到的表達方式！

記憶並熟練 Unit 9 學到的表達方式與相關句型。
請看以下的中文，嘗試立刻翻譯成英文。
如果覺得很難的話，請參考下面挖空的英文句子，
思考要填入什麼單字，並且出聲唸唸看。

1 可以的話，我希望你在星期五之前完成。
If ( ), I'd ( ) ( ) to get it done by Friday.

2 謝謝您在忙碌的行程中抽出時間。
Thank you for ( ) time ( ) ( ) your ( ) schedule.

3 謝謝您抽出時間幫我的忙。
Thank you for ( ) the ( ) ( ) ( ) help me.

4 我真的很感謝您（付出）寶貴的時間和協助。
I ( ) ( ) your precious ( ) and ( ).

5 感謝您（付出）的時間和努力。
I appreciate your ( ) and ( ).

6 我深深感謝您在臨時通知的情況下接受我們的請求。
I deeply ( ) your accepting our request ( ) such ( ) ( ).

7 可以的話，我希望您把那件事排進行程裡。
( ) ( ), I'd ( ) you to fit that ( ) your schedule.

8 儘管是臨時通知，你還是設法把它全部完成了！
Despite the ( ) ( ), you managed to get it all done!

🎧 032　**(解 答)**　請對照中文和英文句子。一邊聽音檔，一邊出聲跟著唸，記憶效果會更好。

1. 可以的話，我希望你在星期五之前完成。
If possible, I'd like you to get it done by Friday.

2. 謝謝您在忙碌的行程中抽出時間。
Thank you for taking time out of your busy schedule.

3. 謝謝您抽出時間幫我的忙。
Thank you for taking the time out to help me.

4. 我真的很感謝您（付出）寶貴的時間和協助。
I truly appreciate your precious time and support.

5. 感謝您（付出）的時間和努力。
I appreciate your time and effort.

6. 我深深感謝您在臨時通知的情況下接受我們的請求。
I deeply appreciate your accepting our request on such short notice.

7. 可以的話，我希望您把那件事排進行程裡。
If possible, I'd like you to fit that into your schedule.

8. 儘管是臨時通知，你還是設法把它全部完成了！
Despite the short notice, you managed to get it all done!

077

熟練學到的表達方式！快速反應訓練

記憶並熟練 Unit 9 學到的表達方式與相關句型。
請看以下的中文，嘗試立刻翻譯成英文。
如果覺得很難的話，請參考下面挖空的英文句子，
思考要填入什麼單字，並且出聲唸唸看。

9 他抽出時間幫我處理了提案的草案。
He took (　　　) (　　　) (　　　) help me with the draft proposal.

10 我深深感謝您做出的一切努力，但我不認為我們可以使用這個（提案等）。
I deeply (　　　) all the (　　　) you made, but I don't think we can use this.

11 恐怕我不能從行程中抽出更多時間了。
I'm afraid that I can't (　　　) any more (　　　) (　　　) (　　　) my schedule.

12 可以的話，我希望過去見您。
(　　　) (　　　) , (　　　) like (　　　) come and see you.

13 我們深深感謝您對此事的理解。
We deeply (　　　) your (　　　) in this regard.

14 您可以把這件事排進您忙碌的行程中嗎？
Could you squeeze this into your (　　　) (　　　) ?

15 謝謝您在臨時通知的情況下來援助我們！
Thanks for coming to our rescue (　　　) (　　　) short (　　　) !

16 謝謝您抽出時間跟我談。
(　　　) you for (　　　) (　　　) (　　　) (　　　) your day to speak with me.

078

🎧 033 【 解 答 】

請對照中文和英文句子。
一邊聽音檔,一邊出聲跟著唸,
記憶效果會更好。

9 他抽出時間幫我處理了提案的草案。
He took time out to help me with the draft proposal.

10 我深深感謝您做出的一切努力,但我不認為我們可以使用這個(提案等)。
I deeply appreciate all the effort you made, but I don't think we can use this.

11 恐怕我不能從行程中抽出更多時間了。
I'm afraid that I can't take any more time out of my schedule.

12 可以的話,我希望過去見您。
If possible, I'd like to come and see you.

13 我們深深感謝您對此事的理解。
We deeply appreciate your understanding in this regard.

14 您可以把這件事排進您忙碌的行程中嗎?
Could you squeeze this into your busy schedule?

15 謝謝您在臨時通知的情況下來援助我們!
Thanks for coming to our rescue on such short notice!

16 謝謝您抽出時間跟我談。
Thank you for taking time out of your day to speak with me.

Unit 10

Q. 這段對話,哪裡不夠好?

Rie 接到顧客 Ivan 的電話。
請確認對話內容,思考一下是否有不太自然的地方。

Rie: Hi. This is ABC.

Ivan: Hello. I tried to buy a product from ABC from the online store, but I got an error saying that my card was not accepted for payment.

Rie: We apologize for the inconvenience. Could you please tell me your name and phone number? I'll make the person in charge call you back.

Ivan: Yes. My name is Ivan. My phone number is 0000-000-0000.

Rie: Thank you. Someone will call you back shortly.

中譯

Rie:嗨,這裡是 ABC 公司。

Ivan:哈囉。我試著從網路商店購買 ABC 公司的產品,但我收到錯誤訊息,說沒有接受我的信用卡付款。

Rie:很抱歉造成您的不便。可以請您告知姓名與電話號碼嗎?我會叫負責的人回電話給您。

Ivan:好。我的名字是 Ivan。我的電話號碼是 0000-000-0000。

Rie:謝謝您。很快會有人回電話給您。

A. 這裡可以更好！

△ I'll **make** the person in charge call you back.

◎ I'll **have** the person in charge call you back.

△ **make 會讓人覺得「是強迫人家去做嗎？」**

make 是一個使役動詞，而**「make＋人＋動詞原形」有「（強迫性地）使某人做⋯」的意思**。例如 I made my team discuss the issue.（我叫我的團隊討論了這個問題），就帶有即使團隊成員不想做這件事，還是強迫他們坐在會議室討論的意味。

所以，如果像這裡的對話一樣說 I'll make the person in charge call you back.，就會有「即使負責的人不想，我還是會強迫他回電話」的意味，而使聽者感到困惑。

另外，會話中提到的「負責人員」可能一時之間無法轉換成英語，而很難用一句話表達「請負責的人回電話」，這時候也可以像 I know the person who manages this. I'll ask him to call you.（我知道負責這個的人。我會請他打電話給您）一樣，分成兩個句子來表達。

即使遇到不知道某個單字，或者無法順利造句的情況，也不要停下來，而要養成運用自己所知的各種英語、改用其他方式表達的習慣。

在商務場合，是用 have 表達「請某人做⋯」

🎧 > 034 > 請聽音檔，並且跟讀理想的表達方式。

I'll have the person in charge call you back.

　　例如本單元會話中的情況，要表達「我請某人回電話」的時候，**建議使用 have 而不是 make**。雖然 have 和 make 都是以「have ＋人＋動詞原形」的句型表達「使某人做⋯」的使役動詞，但相對於 make 表示「（強迫性地）使某人做⋯」，have 則有「（因為工作上的角色而理應）使某人做⋯」的意思。例如「我請業務員聯絡您」，可以說 I'll have a salesperson contact you.。在商務場合中，要表達本單元會話這種「請某人做⋯」的意思時，用 have 會比 make 來得好。

　　另一個表示「讓某人做⋯」的使役動詞是 let。let 沒有強制性，以「let ＋人＋動詞原形」的句型表達「讓／容許某人做⋯」的意思。例如，可以說 Let me explain this in detail.（讓我詳細說明這個）、Let me ask you.（我問你一下）。

　　很多人會覺得 Let me ... 是請求許可的意思「請讓我⋯」，但其實比較接近「單純宣告自己想要做某事」的意思。雖然和 I'm going to ... 類似，但 Let me ... 是稍微禮貌一點的說法。

在電話中表達負責人不在時可以使用的句型

> 035 > 學習與 Unit 10 的場合相關的便利表達方式

- **Should I have him call you back?**
  我要請他回電話給您嗎？
- **I'm sorry, he's unavailable right now.**
  很抱歉，他現在無法接電話。
- **Would you like to leave a message?**
  您想要留言嗎？

在電話中說英語時，因為看不到對方，所以可能感到緊張。其中經常遇到的情況是，負責的人因為開會或外出而不在位子上。這裡介紹的就是這種情況可以使用的句型。

如果問 Should I have him call you back?，而對方回答 Yes 的話，則可以說 May I have your phone number?（可以告訴我您的電話號碼嗎？）和 How do you spell your name?（您的名字怎麼拼？），仔細確認對方的電話號碼和姓名。尤其對於聽不清楚的名字，一定要問清楚拼法。

除此之外，May I …? 也可以用來表達 May I have Mr. Smith?（可以請 Smith 先生接聽電話嗎？）等等，是電話中各種情況都可以使用的句型，害怕講電話的人可以記起來。雖然我在平常的對話中不太會說 May I …?，但在電話中卻很常用。

I'm sorry, he's unavailable right now. 則是負責的人不在位子上或外出時很好用的句子。

083

熟練學到的表達方式！快速反應訓練

記憶並熟練 Unit 10 學到的表達方式與相關句型。
請看以下的中文，嘗試立刻翻譯成英文。
如果覺得很難的話，請參考下面挖空的英文句子，
思考要填入什麼單字，並且出聲唸唸看。

1 我會請負責的人回電話給您。
I'll (　　) the person (　　) (　　) (　　) you back.

2 我要請他回電話給您嗎？
Should I (　　) (　　) call you (　　) ?

3 很抱歉，他現在無法接電話。
I'm sorry, he's (　　) right now.

4 您想要留言嗎？
(　　) you like to (　　) a (　　) ?

5 可以請您跟負責的人確認那件事嗎？
Could you (　　) that matter with the person (　　) ?

6 我在接下來的幾個小時無法接任何電話。
I'm (　　) to take any calls for the (　　) several hours.

7 我會請她在今天結束之前回電話給您。
I'll (　　) her (　　) you (　　) before the end of (　　) (　　) .

8 她正在開會，目前無法接電話。
She is in a meeting and (　　) (　　) (　　) moment.

084

🎧 036 （ 解 答 ）

請對照中文和英文句子。
一邊聽音檔，一邊出聲跟著唸，
記憶效果會更好。

1. 我會請負責的人回電話給您。
   I'll have the person in charge call you back.

2. 我要請他回電話給您嗎？
   Should I have him call you back?

3. 很抱歉，他現在無法接電話。
   I'm sorry, he's unavailable right now.

4. 您想要留言嗎？
   Would you like to leave a message?

5. 可以請您跟負責的人確認那件事嗎？
   Could you confirm that matter with the person responsible?

6. 我在接下來的幾個小時無法接任何電話。
   I'm unavailable to take any calls for the next several hours.

7. 我會請她在今天結束之前回電話給您。
   I'll have her call you back before the end of the day.

8. 她正在開會，目前無法接電話。
   She is in a meeting and unavailable at the moment.

Unit 11

Q. 這段對話,哪裡不夠好?

Mayu 被客戶 Jennifer 告知「交貨數量與訂單不符」,於是在確認情況後打電話給 Jennifer。
請看以下對話,思考一下是否有不太自然的地方。

Mayu: Hello. This is Mayu from ABC. I've just finished checking the order you asked about earlier.

Jennifer: Thank you. How did it go?

Mayu: After checking the emails, it seems that, yes, you're right. The person in charge here entered the wrong quantity, and so you've received more than you ordered.

Jennifer: That's right. Our receipt shows the correct quantity.

Mayu: I'm sorry. Would it be OK if we collect the extra items next week?

中譯

Mayu:哈囉。我是 ABC 公司的 Mayu。我剛才確認了您稍早詢問的訂單。

Jennifer:謝謝你。結果怎麼樣?

Mayu:確認電子郵件之後,的確,您說得對。我們負責的人輸入了錯誤的數量,所以您收到了超過原本訂購的量。

Jennifer:沒錯。我們的收據顯示的是正確的數量。

Mayu:抱歉。如果我們下禮拜回收多餘貨品的話可以嗎?

A. 這裡可以更好！

△ I'm sorry.

◎ I apologize for the inconvenience.

△ **I'm sorry. 會讓人覺得「你的道歉就這樣嗎？」**

　　說出口的句子「長度」，可以說反映了禮貌的程度。**一般而言，越長的句子給人的印象就越禮貌**。雖然在私人生活中使用 I'm sorry. 完全沒問題，但如果是對上位者，或者在商務場合正式道歉的情況這樣說，**會感覺像是隨便說「抱歉」一樣不成熟**，讓聽者覺得「你的道歉就這樣嗎？」。

　　道歉的時候，不要只是說 I'm sorry.，應該像 I'm sorry for my late participation.（很抱歉我參加遲到了）、I'm sorry that I didn't contact you last week.（很抱歉我上禮拜沒有聯絡您）一樣，**明確表示自己在為什麼道歉**。

　　而如果要表達自己真的錯了，想誠心致歉的時候，可以像 I'm truly sorry that I couldn't get back to you yesterday.（昨天我沒辦法回覆您，真的很抱歉）一樣，**加上 truly、terribly、sincerely 等詞語**。sorry 是最日常的道歉用語，雖然不太適合對上位者或者商務場合的正式道歉，但如果是對同事、團隊成員或在私人場合，則可以是真誠表達歉意、打動人心的說法。

用 apologize 或 regret 增加禮貌程度

🎧 > 037 > 請聽音檔，並且跟讀理想的表達方式。

I apologize for the inconvenience.

要對業務往來對象或客戶好好道歉時，**用 apologize 或 regret 比較好**。apologize 是比 sorry 禮貌的道歉用語，但它不像 sorry 一樣包含個人的反省或後悔的心情。說得極端一點，無論說話者個人是否覺得抱歉，都可以用 apologize 表達。所以，apologize 是商務場合中一般的標準道歉用語。

在 apologize 後面加上 for，例如 I apologize for the trouble we caused you.（我為我們對您造成的困擾致歉），**表明為了什麼道歉**會更好。

regret 這個動詞可以當成最禮貌的道歉用語來使用，例如 I regret that I can't participate in the meeting.（很遺憾，我無法參加會議），大多用於書信或電子郵件。

不過，在商務領域，只有道歉是不夠的。可以像是 I apologize for the inconvenience, but I've already spoken with my contact about this.（我為造成的不便致歉，不過我已經跟聯絡窗口談了這件事）一樣，除了道歉以外，**表達自己已經著手處理問題，讓對方感到安心**。

➕ 接到投訴時可以使用的句型

🎧 › 038 › 學習與 Unit 11 的場合相關的便利表達方式

- **I can understand why you're upset.**
  我能理解您生氣的理由。
- **I understand your situation.**
  我理解您的情況。
- **I see what you mean.**
  我明白您的意思。
- **I'll do everything I can do.**
  我會盡我所能。
- **Let me clarify your point.**
  讓我釐清一下您的意思。

這裡介紹業務往來對象或客戶投訴的時候，可以用來回應對方的句型。如果因為對方在生氣，就不確認狀況而直接說 You're right.，可能會無意間讓人誤解確實是己方犯了錯。

首先聆聽對方目前遇到的狀況，然後說 I can understand why you're upset. 表示接納對方的怒氣，是很重要的。形容詞 upset 的意思是「心煩意亂的，生氣的」。angry 感覺像是孩子氣的說法，所以商務場合會使用 upset。

I understand your situation. 也是表達接納對方意見的表達方式。your situation 也可以改成 what you're saying（您所說的）。

另外，I'll do everything I can do. 可以表現自己會盡全力處理的態度，而 Let me clarify your point. 則可以表達自己想要正確理解對方所說的話，以利後續採取應對措施。

熟練學到的表達方式！快速反應訓練

記憶並熟練 Unit 11 學到的表達方式與相關句型。
請看以下的中文，嘗試立刻翻譯成英文。
如果覺得很難的話，請參考下面挖空的英文句子，
思考要填入什麼單字，並且出聲唸唸看。

1 我為（造成的）不便致歉。
I (　　　) for the (　　　).

2 我能理解您生氣的理由。
I can (　　　) why you're (　　　).

3 我理解您的情況。
I (　　　) your (　　　).

4 我明白您的意思。
I (　　　) (　　　) you mean.

5 我會盡我所能。
I'll (　　　) (　　　) I can do.

6 讓我釐清一下您的意思。
Let me (　　　) your (　　　).

7 我會盡我所能支援您。
I'll (　　　) (　　　) I (　　　) to support you.

8 抱歉，但我一點也不明白您的意思。
Sorry, but I don't (　　　) (　　　) you (　　　) at all.

090

🎧 039 （ 解 答 ）

請對照中文和英文句子。
一邊聽音檔，一邊出聲跟著唸，
記憶效果會更好。

1 我為（造成的）不便致歉。
I apologize for the inconvenience.

2 我能理解您生氣的理由。
I can understand why you're upset.

3 我理解您的情況。
I understand your situation.

4 我明白您的意思。
I see what you mean.

5 我會盡我所能。
I'll do everything I can do.

6 讓我釐清一下您的意思。
Let me clarify your point.

7 我會盡我所能支援您。
I'll do everything I can to support you.

8 抱歉，但我一點也不明白您的意思。
Sorry, but I don't see what you mean at all.

快速反應訓練

熟練學到的表達方式！

記憶並熟練 Unit 11 學到的表達方式與相關句型。
請看以下的中文，嘗試立刻翻譯成英文。
如果覺得很難的話，請參考下面挖空的英文句子，
思考要填入什麼單字，並且出聲唸唸看。

9 我們為進行翻修時造成的不便致歉。
We ( ) ( ) the ( ) as we undergo our renovations.

10 我理解您在這個狀況中面對的困難。
I do ( ) the difficulties you are facing in this ( ).

11 可以請您進一步說明嗎？
Could you ( ) that ( )?

12 您的意思是政府會支援我們嗎？
( ) you ( ) is that the government will support us?

13 我會盡我所能確保您在這件事情上的功勞得到表彰。
I'll do ( ) I ( ) to ( ) that you get credit for this.

14 我為我們對您造成的任何不便致歉。
I ( ) for any ( ) we have ( ) you.

15 雖然我完全理解您的情況，但我認為您不要放棄會是最好的。
While I completely ( ) your ( ), I think it would be best if you didn't ( ) up.

16 我想要釐清一下我們在這裡真正尋求的東西。
I'd ( ) to ( ) ( ) we're really ( ) for here.

092

🎧 040 (解答)

請對照中文和英文句子。
一邊聽音檔，一邊出聲跟著唸，
記憶效果會更好。

9 我們為進行翻修時造成的不便致歉。
We apologize for the inconvenience as we undergo our renovations.

10 我理解您在這個狀況中面對的困難。
I do understand the difficulties you are facing in this situation.

11 可以請您進一步說明嗎？
Could you clarify that further?

12 您的意思是政府會支援我們嗎？
What you mean is that the government will support us?

13 我會盡我所能確保您在這件事情上的功勞得到表彰。
I'll do everything I can to see that you get credit for this.

14 我為我們對您造成的任何不便致歉。
I apologize for any inconvenience we have caused you.

15 雖然我完全理解您的情況，但我認為您不要放棄會是最好的。
While I completely understand your situation, I think it would be best if you didn't give up.

16 我想要釐清一下我們在這裡真正尋求的東西。
I'd like to clarify what we're really looking for here.

Unit 12

Q. 這段對話,哪裡不夠好?

Tomo 正在客戶 Camilo 的公司進行新商品的簡報。
請確認對話內容,思考一下是否有不太自然的地方。

Tomo: So that concludes what I consider to be the strengths of this product. Now I'd like to discuss the results of our recent user survey.

Camilo: Oh, but it looks like we're past the time we were supposed to finish.

Tomo: I want more time to finish this presentation.

Camilo: OK, but you'll have to be very quick.

中譯

Tomo:以上總結了我認為這項產品的優點。現在我想要討論我們最近用戶調查的結果。

Camilo:噢,但是我們好像超過了應該結束的時間。

Tomo:我想要更多時間講完這場簡報。

Camilo:OK,但你必須趕快。

A. 這裡可以更好！

△ I want more time to finish this presentation.

◎ Would it be possible to have just an extra 10 minutes to finish this presentation?

△ **want 太過直接，讓人覺得「很厚臉皮」**

　　want 是直接表達個人欲望的動詞，所以在這段對話中，用 I want more time ... 向對方要求「我要更多時間！」，**聽起來會是非常直接的要求，而留給對方「很厚臉皮」的印象**。這在商務場合中也是顯得孩子氣的表達方式，所以和上司或客戶溝通的時候，最好避免用 want 提出請求。

　　要把 want 換成禮貌的說法，可以像 I'd like to finish the presentation.（我想要把這場簡報講完）一樣，用 would like to ... 來表達。相對於 want 這種直接的表達方式，**使用 would like to ... 則可以顯得委婉而禮貌**。

　　說到全球化社會，或許給人的印象是堅持己意、奮力往上爬的實力主義世界。然而，現在基本上已經進入考慮彼此、試圖建立合作體制的「合作時代」了。在超越國籍、膚色、文化而互相合作的必要性日益增加的當下，**請學會使用在顧及對方情況的同時，又能委婉且禮貌地表達請求的方式**。

使用顧及對方情況的禮貌表達方式

🎧 > 041 > 請聽音檔,並且跟讀理想的表達方式。

Would it be possible to have just an extra 10 minutes to finish this presentation?

雖然前面已經介紹過比 I want ... 禮貌的表達方式 I'd like ...,但如果想要進一步表達自己顧及對方的情況,則**可以說 Would it be possible to ...?(可以做⋯嗎?)**。在本單元對話中的情況,最好也要在時間結束之前問 How many minutes do we have left?(我們還剩幾分鐘?),確認剩下的時間。

時間緊迫而想要快速詢問的時候,為了以簡潔性為優先,快速地說 I only need 10 minutes. Is it OK to make a presentation?(我只需要 10 分鐘,可以進行簡報嗎?)也可以達到效果。而如果對方願意給自己時間,也別忘了說 I'm sorry about this. 來表達歉意。

外國人對時間的概念和我們不太一樣。例如會議提前 10 分鐘結束的時候,可能會表達「我們提早結束會議,把 10 分鐘還給大家」。也就是說,**對外國人而言時間是用「借」的,他們認為是借了大家百忙之中的時間來開會**。所以,必須認知到延長時間會令人相當不悅這個前提。如果不得不延長,**請具體表明還需要幾分鐘**。

控管會議時間時可以使用的句型

🎧 > 042 > 學習與 Unit 12 的場合相關的便利表達方式

- I'm afraid we only have five minutes left.
  恐怕我們只剩五分鐘了。

- We only have a short time, so shall we move on to the next topic?
  我們只有很短的時間，所以我們是不是該進入下一個主題了呢？

- We have three items on the agenda to cover in just one hour, so let's stay focused.
  我們有三個議題要在短短一小時內討論，所以我們專注在議題上吧。

- We seem to be getting sidetracked.
  我們似乎偏離主題了。

- Let's discuss that another time.
  我們改天再討論那件事吧。

在全球商務中，非常重視會議與簡報的時間控管（timekeeping）。即使會議或商談時沒有專人負責控管時間，所有參與者也會把準時結束會議這件事放在心上。

如果意識到可能無法在時間之內結束，可以像 I'm afraid we only have five minutes left. 這樣禮貌地提醒。就算是年輕人發出這樣的提醒，也不會讓人產生負面的觀感。

另外，為了保持目標明確，會議中很重視 agenda（議程）。We seem to be getting sidetracked. 也可以用 We seem to be a little off topic.（我們似乎有點偏離主題了）來表達。

如果談到和議題無關的話題，可以說 Let's discuss that another time.，並且安排其他時間進行討論。如果不是和每個人都有關係的話題，可以說 Let's discuss it off-line.（我們私下再討論吧），讓大家專注於正題。

097

快速反應訓練
熟練學到的表達方式！

記憶並熟練 Unit 12 學到的表達方式與相關句型。
請看以下的中文，嘗試立刻翻譯成英文。
如果覺得很難的話，請參考下面挖空的英文句子，
思考要填入什麼單字，並且出聲唸唸看。

1 可以再給我十分鐘講完這場簡報嗎？
(　　　) it be (　　　) to have (　　　) an (　　　) 10 minutes to finish this presentation?

2 恐怕我們只剩五分鐘了。
I'm (　　　) we only have five minutes (　　　).

3 我們只有很短的時間，所以我們是不是該進入下一個主題了呢？
We only have a short time, so shall we (　　　) (　　　) (　　　) the next topic?

4 我們有三個議題要在短短一小時內討論，所以我們專注在議題上吧。
We have three (　　　) on the (　　　) to (　　　) in just one hour, so let's (　　　) (　　　).

5 我們似乎偏離主題了。
We (　　　) to be getting (　　　).

6 我們改天再討論那件事吧。
(　　　) discuss that (　　　) time.

7 幾個新的項目（議題）已經被加進今天的議程中。
Several new (　　　) have been added to today's meeting (　　　).

8 明天可以請假嗎？
(　　　) it (　　　) (　　　) to have the day off tomorrow?

🎧 043 (解 答)　請對照中文和英文句子。一邊聽音檔，一邊出聲跟著唸，記憶效果會更好。

1　可以再給我十分鐘講完這場簡報嗎？
Would it be possible to have just an extra 10 minutes to finish this presentation?

2　恐怕我們只剩五分鐘了。
I'm afraid we only have five minutes left.

3　我們只有很短的時間，所以我們是不是該進入下一個主題了呢？
We only have a short time, so shall we move on to the next topic?

4　我們有三個議題要在短短一小時內討論，所以我們專注在議題上吧。
We have three items on the agenda to cover in just one hour, so let's stay focused.

5　我們似乎偏離主題了。
We seem to be getting sidetracked.

6　我們改天再討論那件事吧。
Let's discuss that another time.

7　幾個新的項目（議題）已經被加進今天的議程中。
Several new items have been added to today's meeting agenda.

8　明天可以請假嗎？
Would it be possible to have the day off tomorrow?

熟練學到的表達方式！ 快速反應訓練

記憶並熟練 Unit 12 學到的表達方式與相關句型。
請看以下的中文，嘗試立刻翻譯成英文。
如果覺得很難的話，請參考下面挖空的英文句子，
思考要填入什麼單字，並且出聲唸唸看。

9 很遺憾，我們只剩一點時間了。
Unfortunately, we only have a (　　　) time (　　　).

10 我們保持在主題上吧，不要偏離主題。
Let's stay on topic and not (　　　)(　　　).

11 我們有很多東西要在很短的時間內討論，所以我們專注在主要的項目上吧。
We have a lot to get (　　　) in a short amount of time, so let's (　　　) on the main (　　　).

12 我們上次討論了那個主題，所以我們就繼續往下進行吧。
We (　　　) that (　　　) last time, so let's just (　　　)(　　　).

13 我不認為有可能及時完成。
I don't think (　　　)(　　　)(　　　)(　　　) to finish it in time.

14 您有可能在 3 點來我們的辦公室嗎？
(　　　)(　　　)(　　　)(　　　) for you to come to our office at 3 o'clock?

15 如果你們沒有任何問題，我們就繼續進行到下個主題。
We'll (　　　)(　　　)(　　　) the next (　　　)(　　　) you don't have any questions.

16 我認為我們已經涵蓋（討論）了今天的所有議題。
I think we've (　　　) all the (　　　) on today's (　　　).

🎧 044　（ 解答 ）

請對照中文和英文句子。
一邊聽音檔，一邊出聲跟著唸，記憶效果會更好。

9 很遺憾，我們只剩一點時間了。
Unfortunately, we only have a little time left.

10 我們保持在主題上吧，不要偏離主題。
Let's stay on topic and not get sidetracked.

11 我們有很多東西要在很短的時間內討論，所以我們專注在主要的項目上吧。
We have a lot to get through in a short amount of time, so let's focus on the main items.

12 我們上次討論了那個主題，所以我們就繼續往下進行吧。
We covered that topic last time, so let's just move on.

13 我不認為有可能及時完成。
I don't think it would be possible to finish it in time.

14 您有可能在3點來我們的辦公室嗎？
Would it be possible for you to come to our office at 3 o'clock?

15 如果你們沒有任何問題，我們就繼續進行到下個主題。
We'll move on to the next topic if you don't have any questions.

16 我認為我們已經涵蓋（討論）了今天的所有議題。
I think we've covered all the items on today's agenda.

101

表示積極審視時可以使用的 revisit

　　速度在商業界很重要，這一點應該不需要贅述了。尤其在全球化社會中，因為「速度至上」，所以快速決定並採取行動被認為是好事。

　　在日本，通常需要獲得上司批准才能做出對外的決定，但國際企業經常會把決定權交給負責人，讓他們不需要上司的批准也能下決定。

　　不過，即使是全球化社會，也不是任何問題都適合立刻做決定，有時候仍然必須審慎處理。

　　在這種時候，除了使用 Unit 3 介紹過的相關句型以外，如果想要帶給對方比較積極的感覺，還可以使用 revisit 這個詞。revisit 可以表達「雖然這次沒有達成共識或協議，但因為這個想法或提議本身不錯，所以希望改天再次審視」的意思。

- We will revisit this topic next week.
  我們下星期會再次審視這個主題。

- Let's revisit the project approach and explore if it can be improved.
  我們重新審視專案執行方式，探討能不能改善吧。

　　revisit 並不僅止於 postpone「延期」的意思而已。它可以表示因為提出的想法很好而給予正面評價，所以希望再找機會好好評估。對於雖然沒有達成共識，但退回又覺得可惜的提案，使用 revisit 這個詞，可以使提議者安心，並且策略性地在未來重新審視。

Chapter 3

「跟這個人只談工作就夠了！」
讓人想保持距離的英語

既然是一起工作的夥伴，那麼除了談工作以外，也會想要聊聊私人話題，進行更深入的交流吧。但是，一個人也有可能會因為遣詞用句而讓人覺得「跟這個人僅止於工作上的往來就夠了」。

Unit 13

Q. 這段對話,哪裡不夠好?

Marco、Anna、Naoto 這幾位同事正在閒聊。
請看以下對話,思考一下是否有不太自然的地方。

Marco: How are you doing?

Anna: Great!

Marco: Sounds like you're having fun. You've got some good news?

Anna: Sales of those products I developed are booming!

Marco: That's good to hear! How about you, Naoto? How are you doing?

Naoto: So-so.

中譯

Marco:最近怎麼樣?

Anna:很好!

Marco:你聽起來很開心。有什麼好消息嗎?

Anna:我開發的產品,銷售額正在快速成長!

Marco:那真是太好了!那你呢,Naoto?最近怎麼樣?

Naoto:還好。

A. 這裡可以更好！

△ So-so.

◎ I've been doing great as well!

△ So-so. 讓人感覺「你是不想聊下去嗎？」

在中文裡，對於別人打招呼的問句「最近怎麼樣？」，就算回答「還可以」，也不會覺得有什麼不自然。但在全球化社會中，需要隨時保持積極的態度。英語的 So-so. 偏向負面的意味，**對方聽了可能會擔心「這個人遇到了什麼問題嗎？」**。另外，在本單元的對話所顯示的情況中，對方特意開啟了話題，卻回答他 So-so.，會讓對話無法繼續下去，**周圍的人也會覺得「這個人是不想聊下去嗎？」**。

全球化社會中的非母語人士，會透過閒聊與日常對話來掌握「誰負責什麼工作的哪個部分」，不遺餘力地建立公司內外的人脈。根據我所屬的 IT 企業所進行的調查，高業績和平均業績的業務員相比，在公司內部的人脈數值多出 50% 以上。在公司有許多熟人的人，在業務工作方面也會達到出色的成果。**而如果不參與話題，就算別人找自己聊天也用 so-so（馬馬虎虎）的溝通方式結束談話，就不會被認為是重要的人才或人際網絡的一員**。所以，不要隨便看待在公司內外的每次相遇，而要以積極的態度，透過與人的交流，增加對自己的業務有用的見識。

在對話的開頭，基本上要表現正面

🎧 > 045 > 請聽音檔，並且跟讀理想的表達方式。

I've been doing great as well!

要在對話的開頭表現正面，雖然也可以回答 Great!，但我希望對方認為自己是更加熱情、有活力的人，所以我會回答 I've been doing great!（我過得很好！）。

這樣的回應，雖然有時也會因為太有活力而讓對方嚇一跳，但**我認為這樣能讓人對自己留下深刻的印象，反而是件好事。藉由使用現在完成式 I've been ...，更能表達「不止是現在，而是一直都很好」**。而在本單元的對話情況中，因為 Anna 已經回答了 Great!，所以理想的表達方式加上了 as well 來表達「我也是」。

在回答對方的問題之餘，**反問對方 How about you?（那你呢？）也很重要**。如果能依照對方的回答，給予 Sounds like you're having fun.（你聽起來很開心）、That's good to hear!（那真是太好了！）等反應的話，一定可以聊得很開心。

建立公司內外的人脈，不僅有助於當前的工作，也能為未來的工作帶來成功。所以，不要輕視簡單的寒暄，**請留意自己的回答，讓對方感覺你是「友善且隨時都能輕鬆交談的人」**。

想進一步閒聊時可以使用的句型

🎧 > 046 >　學習與 Unit 13 的場合相關的便利表達方式

- **What have you been up to?**
  你最近怎麼樣？
- **How's your work?**
  你的工作怎麼樣？
- **Any big news?**
  有什麼大消息嗎？

　　被問到 How are you? 並且回答對方之後，如果想要把握機會繼續聊下去，可以使用上面列出的句子。用這些句子積極展開對話，就能自然拉近彼此的距離。

　　What have you been up to? 是很久沒見面的情況下常用的說法，可以用來隨興地問候「你最近怎麼樣？」。

　　How's your work? 也可以活用替換成 How was your weekend?（你的週末怎麼樣？）等等。

　　如果被問到 Any big news? 的話，回答 Thank you for asking me!（謝謝你的關心！）表示感謝，可以提升好感。接下來，請接著說明 Yes, fortunately, I managed to get a great deal.（有，幸運的是，我談成了很好的交易）、My daughter got into a university.（我女兒考上大學了）等等。事實上，也有人是想說自己的大消息才這樣問，所以反問 How about you? 也不錯。

快速反應訓練

記憶並熟練 Unit 13 學到的表達方式與相關句型。
請看以下的中文，嘗試立刻翻譯成英文。
如果覺得很難的話，請參考下面挖空的英文句子，
思考要填入什麼單字，並且出聲唸唸看。

1 我也過得很好！
I've ( ) doing ( ) as well!

2 你最近怎麼樣？
( ) ( ) you been ( ) to?

3 你的工作怎麼樣？
( ) your work?

4 有什麼大消息嗎？
Any ( ) ( ) ?

5 那你呢？
How ( ) ( ) ?

6 你聽起來很開心。
( ) ( ) you're having fun.

7 那真是太好了！
That's ( ) ( ) hear!

8 在新的地方怎麼樣，Kate？
( ) is it ( ) the ( ) place, Kate?

🎧 > 047　(解　答)　請對照中文和英文句子。
一邊聽音檔，一邊出聲跟著唸，
記憶效果會更好。

1. 我也過得很好！
I've been doing great as well!

2. 你最近怎麼樣？
What have you been up to?

3. 你的工作怎麼樣？
How's your work?

4. 有什麼大消息嗎？
Any big news?

5. 那你呢？
How about you?

6. 你聽起來很開心。
Sounds like you're having fun.

7. 那真是太好了！
That's good to hear!

8. 在新的地方怎麼樣，Kate？
How is it at the new place, Kate?

Unit 14

Q. 這段對話,哪裡不夠好?

Mari 偶然遇到正要去開會的業務往來對象 Kate。
請看以下對話,思考一下是否有不太自然的地方。

Mari: Oh, hello, there. I didn't expect to see you here.

Kate: Hello. What a coincidence! I'm on my way to a meeting now.

Mari: I see.

Kate: By the way, what happened to the proposal we made about a month ago?

Mari: I'm sorry. I was trying to get my manager's opinion on it.

中譯

Mari:噢,哈囉。我沒料到會在這裡遇見你。

Kate:哈囉。真巧!我現在正在去開會的路上。

Mari:這樣啊。

Kate:對了,我們公司大約一個月前的提案怎麼樣了?

Mari:抱歉。我當時試圖徵詢我經理的意見。

A. 這裡可以更好！

△ I was trying to get my manager's opinion on it.

◎ I've been meaning to get my manager's opinion on it.

△ 用過去式會讓對方覺得「只有當時嗎？」

　　過去式表示過去某個時間點的動作，所以**可能讓人誤會「雖然當時那麼想，但現在可能不是了」**。另外，進行式的基本意義是「暫時性動作進行中的狀態」。過去進行式 I was trying to get ... 聽起來像是「我當時（在過去某個時間點暫時）試圖徵詢我經理的意見」，可能會讓對方覺得「當時想詢問意見，那現在呢？」。商務場合中經常出現像對話範例一樣，確認「那件事怎麼樣了？」的情況，這時候**如果用過去式表達「我試圖做某件事」，要小心可能造成誤會**。

　　順道一提，說到「上司」的時候，**可能會想到 boss 這個詞，但這是很戲劇化的稱呼**。如果有人稱自己的上司為 boss，旁人可能會覺得「他們的上下關係很嚴格嗎？」。在我工作的企業，是**用 manager 稱呼「上司（經理）」**。不過，manager 是對公司外面的人稱呼「自己的上司（經理）」時所用的詞，如果是在公司內部呼叫上司本人，則是從初次見面開始就會直接叫名字。

111

◎ 用現在完成式表達「一直放在心上」

🎧 › 048 › 請聽音檔，並且跟讀理想的表達方式。

I've been meaning to get my manager's opinion on it.

在忙碌的商務工作中，經常發生「雖然想著要聯絡，但因為手頭有其他案子，所以一直沒辦法聯絡」這種雖然想趕快處理某件事，卻無法採取行動的情況。這時候請不要使用過去式，而**要用 I've been meaning to ...** 傳達「（從過去的某個時間點到現在）一直打算做…」的心情。

mean to 是「打算做…」的意思。使用現在完成進行式 I've been meaning to ...，可以表達「雖然一直放在心上，但還不能做」、「到了現在這一刻，我也想著要回報消息」的語感。

另外也有像 I've always wanted to contact you.（我一直想聯絡你）這樣，使用 **I've always wanted to ...**「（從過去的某個時間點到現在）一直想要做…」的表達方式。

在商業界，信任關係非常重要。如果是因為正當的理由而無法處理某件事，請向對方充分告知事實並道歉，同時提出解決或改善的方法，藉此挽回工作方面的評價與信任關係。

道歉後說明原因或改善措施時可以使用的句型

> 049 > 學習與 Unit 14 相關的便利表達方式

- The cause of the accident is now under investigation.
  事故的原因現在調查中。
- The defect was caused by human error.
  缺陷是人為疏失造成的。
- We'll make every effort to ensure this error won't happen again.
  我們會盡全力確保這個錯誤不再發生。
- We'll train our staff more thoroughly.
  我們會更徹底地訓練員工。
- Our internal communication was not good enough.
  我們（公司）的內部溝通不夠好。

發生問題的時候，更是建立信任的機會。這裡介紹一些道歉後清楚表明未來改善措施的表達方式。

如果想說「正在調查原因」，可以用 The cause of the accident is now under investigation. 的方式來表達。under investigation 是「調查中」的意思。cause 除了當名詞「原因」以外，也有動詞「造成～」的意思。

defect 的意思是「缺陷，瑕疵」。

在 We'll make every effort to ensure this error won't happen again 之後，接著說明 by using checklists to check whether the necessary steps have been taken.（藉由使用核對清單，檢查是否已經採取必要的步驟）之類的具體措施會更好。

ensure（確保～）是商務英語經常出現的動詞，可以用在想確保某項工作能夠進行等等的情況。

快速反應訓練

（熟練學到的表達方式！）

記憶並熟練 Unit 14 學到的表達方式與相關句型。
請看以下的中文，嘗試立刻翻譯成英文。
如果覺得很難的話，請參考下面挖空的英文句子，
思考要填入什麼單字，並且出聲唸唸看。

1 我一直打算徵詢我經理的意見。
I've （　　）（　　）to get my （　　）opinion on it.

2 事故的原因現在調查中。
The （　　）of the （　　）is now （　　）investigation.

3 缺陷是人為疏失造成的。
The （　　）was （　　）by human error.

4 我們會盡全力確保這個錯誤不再發生。
We'll make （　　）（　　）to （　　）this error won't happen again.

5 我們會更徹底地訓練員工。
We'll （　　）our staff more thoroughly.

6 我們（公司）的內部溝通不夠好。
Our internal communication was not （　　）（　　）.

7 她告訴我，她一直打算聯絡您。
She told me she's been （　　）（　　）（　　）you.

8 連接線似乎有瑕疵。
There （　　）to be a （　　）with the connecting cable.

🎧 050 （ 解 答 ）

請對照中文和英文句子。
一邊聽音檔，一邊出聲跟著唸，
記憶效果會更好。

1 我一直打算徵詢我經理的意見。
I've been meaning to get my manager's opinion on it.

2 事故的原因現在調查中。
The cause of the accident is now under investigation.

3 缺陷是人為疏失造成的。
The defect was caused by human error.

4 我們會盡全力確保這個錯誤不再發生。
We'll make every effort to ensure this error won't happen again.

5 我們會更徹底地訓練員工。
We'll train our staff more thoroughly.

6 我們（公司）的內部溝通不夠好。
Our internal communication was not good enough.

7 她告訴我，她一直打算聯絡您。
She told me she's been meaning to contact you.

8 連接線似乎有瑕疵。
There seems to be a defect with the connecting cable.

熟練學到的表達方式！ 快速反應訓練

記憶並熟練 Unit 14 學到的表達方式與相關句型。
請看以下的中文，嘗試立刻翻譯成英文。
如果覺得很難的話，請參考下面挖空的英文句子，
思考要填入什麼單字，並且出聲唸唸看。

9 （飛機）墜毀的原因現在調查中。
The (　　) of the (　　) is now (　　) (　　).

10 要在 20 號之前完成這項工作，會需要很大的努力。
It will take (　　) (　　) (　　) to finish the work by the 20th.

11 我想要確保你們全都在 10 點前抵達。
I'd like (　　) (　　) that you all arrive before 10 o'clock.

12 我會訓練資料輸入人員。
I'll (　　) the data entry staff.

13 那不是瑕疵，是設計的一部分。
That's not a (　　); it's part of the design.

14 如果每個人都努力的話，這項工作就會很簡單。
If everyone (　　) (　　) (　　), the job will be easy.

15 得到這筆訂單，會確保我達到銷售目標。
Getting this order (　　) (　　) I hit my sales target.

16 延誤是運輸公司造成的。
The (　　) was (　　) (　　) the shipping company.

116

🎧 › 051 （解 答）

請對照中文和英文句子。一邊聽音檔，一邊出聲跟著唸，記憶效果會更好。

9 （飛機）墜毀的原因現在調查中。
The cause of the crash is now under investigation.

10 要在 20 號之前完成這項工作，會需要很大的努力。
It will take a great effort to finish the work by the 20th.

11 我想要確保你們全都在 10 點前抵達。
I'd like to ensure that you all arrive before 10 o'clock.

12 我會訓練資料輸入人員。
I'll train the data entry staff.

13 那不是瑕疵，是設計的一部分。
That's not a defect; it's part of the design.

14 如果每個人都努力的話，這項工作就會很簡單。
If everyone makes an effort, the job will be easy.

15 得到這筆訂單，會確保我達到銷售目標。
Getting this order will ensure I hit my sales target.

16 延誤是運輸公司造成的。
The delay was caused by the shipping company.

Unit 15

Q. 這段對話，哪裡不夠好？

Hana 打電話給公司外部的校對人員 Elise，
請她校對網頁用的文章。
請確認對話內容，思考一下是否有不太自然的地方。

Hana: I need your help with the web article manuscript.

Elise: Sure. What would you like me to do?

Hana: I'm expecting to receive the manuscript from the author on Friday, which is two days behind the original schedule, and I have to publish the article on Monday. I wonder if you can proofread it for me over the weekend.

Elise: OK.

中譯

Hana：我需要你幫忙處理網頁文章的原稿。

Elise：當然可以。你想要我做什麼？

Hana：我預計會在星期五收到作者的原稿，比原定時程晚兩天，而我必須在星期一發布這篇文章。不知道你能不能在週末幫我校對。

Elise：OK。

A. 這裡可以更好！

△ I wonder if you can proofread it for me over the weekend.

◎ I was wondering if you could proofread it for me over the weekend.

△ **勉強別人的請求，要盡量委婉**

I wonder if ... 的用法例如 I wonder if it will rain.（不知道會不會下雨），是比較迂迴地表達「是不是…呢？」的說法。在商務場合，則可以像 I wonder if you can proofread it.（不知道你能不能校對＝可以請你校對嗎？）一樣，間接地表達請某人做某事。

不過，在請求別人的時候，雖然 I wonder if ... 已經比直接問 Can you …? 來得禮貌了，但如果直接用現在式 I wonder if you can proofread it for me over the weekend. 來表達的話，**聽起來有點不體貼**。例如對話範例中，勉強別人在週末處理工作的情況，如果說 I wonder if you can ... 的話，可能會給人不夠體貼的印象。

難以開口的請求，還是要盡量委婉地表達。在商務場合中，尤其是不太好意思請求別人的情況，請注意要保持禮貌。在全球化社會中，也需要請別人協助處理自己做不到或不熟悉的事。請學會使用多樣化的禮貌表達方式，成為「善於請求」的人吧。

> ## 把 wonder、can 改成過去式，顯得更加禮貌

🎧 ▸ 052 ▸ 請聽音檔，並且跟讀理想的表達方式。

I was wondering if you could proofread it for me over the weekend.

例如這個單元的對話中，「雖然有點為難人，但還是想請對方幫忙」的狀況，如果想要禮貌地表達請求，**建議把現在式改成過去式**。像 I **wondered** if you **could** ... 這樣，只要把 wonder 和 can 改成過去式，就會比現在式來得委婉而禮貌。

更進一步，**改成過去進行式 I was wondering if you could ...「我想知道可不可以請你…」的話，就形成更加禮貌的請求方式**。在提出勉強別人的請求時，可以使用這種最禮貌的形式。

有些人誤以為使用英語時只要表現友善就夠了，但英語在各種場合都有各自適用的禮貌說法。英語的禮貌表達規則並不難。把現在式改成過去式，而且越是使用委婉、間接的說法，聽起來就越禮貌。

至於禮貌程度的排序，則是 Could you work over the weekend? ＜ I wonder if you could work over the weekend. ＜ I wondered if you could work over the weekend. ＜ I was wondering if you could work over the weekend.。在 p.194 的文章中，會更詳細說明禮貌表達方式的規則，請務必參考。

告知落後進度時可以使用的句型

> 053 > 學習與 Unit 15 相關的便利表達方式

- We are actually a little behind schedule.
  我們其實有點落後進度了。
- I'm running behind schedule.
  我落後進度了／我會趕不上預定時間。
- The reason for the delay is related to a mechanical problem.
  延誤的原因和機械問題有關。
- There was a mix-up in the schedule.
  行程安排出了差錯。
- I'm afraid that I'm unable to send the report on time.
  我恐怕無法準時寄出報告。

發現自己趕不上預定時間的時候，立即聯絡是很重要的。「遲到」有各種說法，但我在工作上最常用的，是在自己開會要遲到的時候說 I'm running behind schedule.，也可以說 I'm running late.（我會遲到）。

對於客戶，最好補充說明延誤的原因，例如 The reason for the delay is ... 或 There was a mix-up in the schedule.。mix-up 是「搞錯，混淆」的意思。

另外，想要鄭重道歉的時候，可以先說 Please accept my apologies.（請接受我的道歉），表現禮貌的態度。

如果覺得一直說 sorry 會帶給對方負面的印象，也可以刻意不使用道歉的表達方式，而說 We appreciate your patience.（感謝您的耐心→謝謝您等待），這也是一種表達的技巧。

快速反應訓練
（熟練學到的表達方式！）

記憶並熟練 Unit 15 學到的表達方式與相關句型。
請看以下的中文，嘗試立刻翻譯成英文。
如果覺得很難的話，請參考下面挖空的英文句子，
思考要填入什麼單字，並且出聲唸唸看。

1 我想知道可不可以請你幫我在週末校對它。
I (　　　) (　　　) if you (　　　) proofread it for me (　　　) the weekend.

2 我們其實有點落後進度了。
We are actually a little (　　　) (　　　).

3 我落後進度了／我會趕不上預定時間。
I'm (　　　) (　　　) schedule.

4 延誤的原因和機械問題有關。
The (　　　) for the (　　　) is related to a mechanical problem.

5 行程安排出了差錯。
There was a (　　　) in the (　　　).

6 我恐怕無法準時寄出報告。
I'm (　　　) that I'm (　　　) to send the report (　　　) (　　　).

7 我想知道可不可以請你幫我聯絡供應商。
I (　　　) (　　　) (　　　) you (　　　) contact the supplier for me.

8 我們在 10 月 1 日前雇用 20 個人的目標已經落後進度了。
Our goal of hiring 20 people (　　　) Oct. 1 has fallen (　　　) (　　　).

122

🎧 054 （ 解 答 ）

請對照中文和英文句子。
一邊聽音檔,一邊出聲跟著唸,
記憶效果會更好。

1. 我想知道可不可以請你幫我在週末校對它。
   I was wondering if you could proofread it for me over the weekend.

2. 我們其實有點落後進度了。
   We are actually a little behind schedule.

3. 我落後進度了／我會趕不上預定時間。
   I'm running behind schedule.

4. 延誤的原因和機械問題有關。
   The reason for the delay is related to a mechanical problem.

5. 行程安排出了差錯。
   There was a mix-up in the schedule.

6. 我恐怕無法準時寄出報告。
   I'm afraid that I'm unable to send the report on time.

7. 我想知道可不可以請你幫我聯絡供應商。
   I was wondering if you could contact the supplier for me.

8. 我們在 10 月 1 日前僱用 20 個人的目標已經落後進度了。
   Our goal of hiring 20 people by Oct. 1 has fallen behind schedule.

熟練學到的表達方式！快速反應訓練

記憶並熟練 Unit 15 學到的表達方式與相關句型。
請看以下的中文，嘗試立刻翻譯成英文。
如果覺得很難的話，請參考下面挖空的英文句子，
思考要填入什麼單字，並且出聲唸唸看。

9 訂單出了差錯。
There was a (　　) with the (　　).

10 我很驚訝我們落後進度這麼多。出了什麼問題？
I'm (　　) that we're so (　　) (　　).
What's gone wrong?

11 這場臨時會議的原因是我有一些重要的消息。
(　　) (　　) for this sudden meeting is that I have some important news.

12 所有東西都準時送達了，謝謝。
Everything (　　) (　　) (　　), thank you.

13 是什麼造成這次延誤？
What's (　　) this (　　)?

14 由於壞天氣，建設工程落後了幾個星期。
Due to bad weather, the construction (　　) (　　) by a couple of weeks.

15 我想知道可不可以請你在我不在的時候負責（管理）辦公室。
I (　　) (　　) if you (　　) take (　　) (　　) the office while I'm away.

16 如果你的文書作業落後進度的話，我可以幫你。
If you're (　　) (　　) (　　) your paperwork, I can help you.

124

🎧 055　（ 解 答 ）　請對照中文和英文句子。一邊聽音檔，一邊出聲跟著唸，記憶效果會更好。

9 訂單出了差錯。
There was a mix-up with the orders.

10 我很驚訝我們落後進度這麼多。出了什麼問題？
I'm shocked that we're so behind schedule. What's gone wrong?

11 這場臨時會議的原因是我有一些重要的消息。
The reason for this sudden meeting is that I have some important news.

12 所有東西都準時送達了，謝謝。
Everything arrived on time, thank you.

13 是什麼造成這次延誤？
What's causing this delay?

14 由於壞天氣，建設工程落後了幾個星期。
Due to bad weather, the construction is behind by a couple of weeks.

15 我想知道可不可以請你在我不在的時候負責（管理）辦公室。
I was wondering if you could take charge of the office while I'm away.

16 如果你的文書作業落後進度的話，我可以幫你。
If you're running behind in your paperwork, I can help you.

Unit 16

Q. 這段對話，哪裡不夠好？

上司 Angela 正在忙的時候，
下屬 Kana 提了一些要處理的事。
請確認對話內容，思考一下是否有不太自然的地方。

Angela: Oh, look at the time! I have to get ready to go out.

Kana: Angela, I received a call for you from Fernando at ABC about 10 minutes ago.

Angela: I'm really busy right up until tomorrow morning, so could you tell him I'll get back to him tomorrow evening? I'm going to DEF now for a meeting, and then I'll be heading straight home.

Kana: All right. By the way, could you check these documents by tomorrow morning?

中譯

Angela：噢，已經這個時間了！我得準備走了。

Kana：Angela，大約 10 分鐘前，我接到 ABC 公司的 Fernando 找您的電話。

Angela：我一直到明天早上都很忙，所以可以請你告訴他我明天晚上會回電話給他嗎？我現在要去 DEF 公司開會，然後我會直接回家。

Kana：好。對了，可以請您在明天早上之前看看這些文件嗎？

A. 這裡可以更好！

△ Could you check these documents by tomorrow morning?

◎ I understand that you're busy, but I also need your fairly urgent help with something.

△ 會讓人感到不悅：「你不知道我很忙嗎？」

　　如同本書一直提到的，在全球化社會，必須保持尊重他人的態度。我在辦公室會盡量避免使用 Will you ...? 或 Can you ...?，而是用 would 和 could 來表達。從這一點來看，本單元對話中**使用 Could you ...? 基本上並沒有問題**。

　　不過，這裡的問題在於說話的時機。在上司 Angela 很忙的情況下，不管再怎麼禮貌，突然提出只顧自己方便的請求「可以在明天早上之前看文件嗎？」，都是不太恰當的。被要求的人應該會覺得不悅：「你不知道我很忙嗎？可以換好一點的方式講話吧！」。在全球化社會中，雖然也有坦率交流意見，或者直接表達自身主張的時候，但**大多數外國人所說的英語，都比我們顯得更禮貌而尊重對方**。不少外國人也對我們抱持著禮貌的印象，如果因為不知道禮貌的請求方式而說出無禮的話，就有可能損害自己的形象。尤其在拜託別人的時候，應該盡量考量對方的立場，在請求時表現出自己顧慮到對方能否配合。

127

◎ 使用緩衝語氣的表達方式，構成體諒對方的英語

🎧 › 056 › 請聽音檔，並且跟讀理想的表達方式。

I understand that you're busy, but I also need your fairly urgent help with something.

要在請求對方的同時表現出體諒，**可以在前面加上一句聲明 I understand that you're busy, but ...（我明白您很忙，但…）**。只要使用這個緩衝語氣的表達方式，就能表明「我了解你的情況」，同時傳達即使如此也想提出請求的心情。

然後，雖然也可以說 could you ...?，但**如果用 I also need your fairly urgent help with something.（我也急需您幫忙一件事）表達自己的請求相當（fairly）急迫，對方也會更注意聆聽。**

中文也有「不好意思，在百忙之中麻煩您」這種緩衝語氣的表達方式，而在英語還有其他類似意義的說法。如果使用動詞 bother（打擾），就可以說 I'm sorry to bother you, but ...（抱歉打擾您了，但…）。

尤其在不得不提到負面的事情，或者像本單元的對話一樣不容易提出請求的情況，不要直接切入正題，而要在前面加上緩衝語氣的表達方式，這樣就能大幅提升自己留給對方的印象。**請使用緩衝語氣的表達方式，讓自己的英語更上一層樓。**

➕ 預先告知出缺勤情況時可以使用的句型

🎧 **057** 學習與 Unit 16 相關的便利表達方式

- I'm not coming into work today.
  我今天不會去上班。
- I'll work from home tomorrow.
  我明天會在家上班。
- I'll be on leave until Jan. 3.
  我會休假到 1 月 3 日。
- I'll go straight from home to CDE.
  我會從家裡直接出發去 CDE 公司。
- I'll take sick leave today because I have a bad cold.
  我今天要請病假，因為我得了重感冒。

　　以上是向公司同事預告自己的出勤情況，例如「我會從家裡直接出發」、「我會在家上班」時可以使用的句型。

　　「在家工作」的固定表達方式是 work from home。如果是在家參加會議，則可以說 I'll join the call from home.（我會在家參加〔視訊〕電話會議）。

　　要表達自己請了假，可以用 be on leave（休假中）來表達，例如 I'll be on leave until Jan. 3.。我的同事們會在這個句子後面加上 with limited email access（只能有限地使用電子郵件）或 without any email access（無法查看電子郵件）做補充。

　　如果要在做某事之後直接回家，可以說 I'll go straight home after my meeting at CDE.（我會在 CDE 公司開會後直接回家）。

　　「病假」是 sick leave。另外，雖然「半天假」可以說成 half-day leave，但在日常會話中通常會說 I'll be out of the office this morning [this afternoon].（我今天上午〔下午〕不在辦公室）。

快速反應訓練
（熟練學到的表達方式！）

記憶並熟練 Unit 16 學到的表達方式與相關句型。
請看以下的中文，嘗試立刻翻譯成英文。
如果覺得很難的話，請參考下面挖空的英文句子，
思考要填入什麼單字，並且出聲唸唸看。

1 我明白您很忙，但我也急需您幫忙一件事。
I (　　) that you're (　　), but I also need your (　　) (　　) help with something.

2 我今天不會去上班。
I'm not (　　) (　　) work today.

3 我明天會在家上班。
I'll (　　) (　　) home tomorrow.

4 我會休假到 1 月 3 日。
I'll be (　　) (　　) (　　) Jan. 3.

5 我會從家裡直接出發去 CDE 公司。
I'll (　　) (　　) (　　) home (　　) CDE.

6 我今天要請病假，因為我得了重感冒。
I'll (　　) (　　) (　　) today because I have a bad cold.

7 我明白您非常忙，但我必須馬上跟您談。
I (　　) you're very (　　), but I must talk to you straightaway.

8 這個週末你會來上班嗎？
Are you (　　) (　　) (　　) this weekend?

130

🎧 ▸ 058　（ 解 答 ）

請對照中文和英文句子。
一邊聽音檔，一邊出聲跟著唸，
記憶效果會更好。

1
我明白您很忙，但我也急需您幫忙一件事。
I understand that you're busy, but I also need your fairly urgent help with something.

2
我今天不會去上班。
I'm not coming into work today.

3
我明天會在家上班。
I'll work from home tomorrow.

4
我會休假到 1 月 3 日。
I'll be on leave until Jan. 3.

5
我會從家裡直接出發去 CDE 公司。
I'll go straight from home to CDE.

6
我今天要請病假，因為我得了重感冒。
I'll take sick leave today because I have a bad cold.

7
我明白您非常忙，但我必須馬上跟您談。
I understand you're very busy, but I must talk to you straightaway.

8
這個週末你會來上班嗎？
Are you coming into work this weekend?

熟練學到的表達方式！快速反應訓練

記憶並熟練 Unit 16 學到的表達方式與相關句型。
請看以下的中文，嘗試立刻翻譯成英文。
如果覺得很難的話，請參考下面挖空的英文句子，
思考要填入什麼單字，並且出聲唸唸看。

9 她從去年開始就一直在家工作。
She's been (　　) (　　) (　　) since last year.

10 很不巧，Joe 目前休假中。
I'm afraid Joe's (　　) (　　) at the (　　).

11 我們可以從辦公室直接去機場。
We can (　　) (　　) (　　) the office to the airport.

12 如果你星期一可以請假，我們就可以一起去電影院。
If you (　　) (　　) (　　) (　　) Monday, we can go to the cinema together.

13 如果您需要緊急幫助，請按「顧客服務」的圖示。
If you need (　　) (　　), press the "customer service" icon.

14 我遠遠更喜歡在家工作。
I much (　　) (　　) (　　) home.

15 我們不能兩個人同時休假。
We can't both be (　　) (　　) at the same time.

16 你下星期休假，不是嗎？
You're (　　) (　　) next week, aren't you?

🎧 059　（ 解答 ）

請對照中文和英文句子。
一邊聽音檔，一邊出聲跟著唸，
記憶效果會更好。

9 她從去年開始就一直在家工作。
She's been working from home since last year.

10 很不巧，Joe 目前休假中。
I'm afraid Joe's on leave at the moment.

11 我們可以從辦公室直接去機場。
We can go straight from the office to the airport.

12 如果你星期一可以請假，我們就可以一起去電影院。
If you can take leave on Monday, we can go to the cinema together.

13 如果您需要緊急幫助，請按「顧客服務」的圖示。
If you need urgent help, press the "customer service" icon.

14 我遠遠更喜歡在家工作。
I much prefer working from home.

15 我們不能兩個人同時休假。
We can't both be on leave at the same time.

16 你下星期休假，不是嗎？
You're on leave next week, aren't you?

Unit 17

Q. 這段對話,哪裡不夠好?

吃完午餐回公司的路上,
Ai 和 Nathalie 這兩位同事在聊天。
請看以下對話,思考一下是否有不太自然的地方。

Ai: There's a place near our office that's been under construction for a long time. It looks like there's going to be a restaurant there. What kind of place do you think it'll be?

Nathalie: It's going to be a sushi restaurant. I found an article on the internet that said it's opening tomorrow.

Ai: This is the first time I've heard about it. I haven't had sushi for such a long time!

Nathalie: Next Wednesday, after work, would you like to go with me?

Ai: Oh, I can't go.

---中譯---

Ai:我們辦公室附近有個地方已經施工很久了。看起來那裡會是一家餐廳。你覺得會是哪種店呢?

Nathalie:那會是一間壽司餐廳。我在網路上發現一篇說它明天開幕的文章。

Ai:我是第一次聽說。我好久沒吃壽司了!

Nathalie:下星期三下班後,你想跟我一起去嗎?

Ai:噢,我不能去。

A. 這裡可以更好！

△ I can't go.

◎ I'd love to, but I have a very important appointment. Let me know next time.

△ 或許會讓人心想「以後不約你了」

　　拒絕同事或朋友的邀約時，**請先感謝對方的好意，然後再禮貌地拒絕**。雖然時間上難以配合的情況難免會發生，但如果拒絕的方式不恰當，而讓對方感到失望的話，**對方或許會心想「我特地約你，你卻那麼果斷地拒絕了」**。例如這個單元的對話，兩人對壽司這個話題都顯得很感興趣，但 Ai 最後卻說 I can't go 拒絕了邀約，使得對話戛然而止。提出邀約的 Nathalie，也有可能因為事後感覺不愉快，而對以後是否還要邀請 Ai 感到猶豫。

　　在全球化的商務場合，經常會有初次見面的人或上司邀請參加烤肉、家庭派對等私人聚會，或者邀請出席研討會等工作相關活動的情況。這時候，「可以的話我會去」這種**用模稜兩可的說法敷衍過去的回答是不行的**。如果想要拒絕的話，應該當場就拒絕。如果用模糊的說法敷衍過去，對方會疑惑「到底是想去還是不想去？」，這樣很可能對重視信任關係的商務往來造成影響。不過，在這種情況也是一樣，拒絕時要考慮如何不讓對方失望。拒絕邀約的時候，請發自內心表達「不能去很可惜」的心情，並且告訴對方，希望下次有機會再邀請自己。

負面的內容，要用正面的詞語前後包夾起來

🎧 > 060 > 請聽音檔，並且跟讀理想的表達方式。

I'd love to, but I have a very important appointment. Let me know next time.

想拒絕同事或朋友的邀請，又不想讓對方失望，可以說 **I'd love to, but ...**（我很想，但…），**用正面的緩衝語氣表達方式**，傳達自己其實很想去的心情。雖然也可以用 I'd like to 來表達，但 love 感覺比 like 來得積極而溫暖，所以推薦使用。但因為 I'd love to 聽起來比較不正式，所以如果想用比較正式的說法，可以使用意思相同的禮貌表達方式 I wish I could。

先表達了很想去的心情之後，再接 but 說明拒絕的理由。如果有明確的理由，例如已經有約、工作很忙等等，也要清楚告知。最後再加上一句 Let me know next time.（下次再約我吧），讓對方以後還會想再約你。加上感謝的句子 Thank you for inviting me.（謝謝你邀請我）也是很好的方法。

在傳達負面訊息時，建議像 I'd love to, but I have a very important appointment. Let me know next time. 一樣，**將負面的內容用正面的詞語前後包夾起來**。不過，如果一再使用 I'd love to, but 拒絕邀請，對方可能會覺得「其實你根本不想接受邀約」，而不再邀請你，所以請注意不要過度使用。

私人邀約時可以使用的句型

🎧 › 061 ›　學習與 Unit 17 相關的便利表達方式

- Let's meet up sometime for dinner.
  我們找時間見面吃晚餐吧。
- Why don't we catch up next weekend?
  我們下週末何不見個面呢?
- How about a coffee together sometime?
  找時間一起喝咖啡怎麼樣?
- Do you have any plans for later?
  你接下來有什麼安排（計畫）嗎?
- Would you like to go out for a drink?
  你想出去喝一杯嗎?

外出午餐、同事聚餐是展現友好而開放的個性，同時與對方建立信任關係的機會。試著積極邀請別人看看吧！

Let's meet up sometime. 是用來向同事或親近的人表達邀約的意願。sometime 表示「某個時候，改天」，meet up 的意思則是「（為了一起做某件事情而）見面」。

Why don't we catch up next weekend? 的 catch up 有「趕上，追上」的意思，可以用來表達親近的友人「時隔許久後再次見面，聊聊彼此在這段時間的各種事情」。

How about a coffee together sometime? 中的 How about ...? 也是有一定親近程度的人會使用的說法，帶有假定對方會去而邀請的語感。

Do you have any plans for later? 則是藉由詢問對方的行程，間接表達邀請。

Would you like to go out for a drink? 不會顯得隨便，對業務往來對象或上司也可以使用。

快速反應訓練

熟練學到的表達方式！

記憶並熟練 Unit 17 學到的表達方式與相關句型。
請看以下的中文，嘗試立刻翻譯成英文。
如果覺得很難的話，請參考下面挖空的英文句子，
思考要填入什麼單字，並且出聲唸唸看。

1 我很想，但我有一個非常重要的約。下次再約我吧。
I'd (　　) (　　), (　　) I have a very important appointment. Let me (　　) (　　) (　　).

2 我們找時間見面吃晚餐吧。
Let's (　　) (　　) (　　) for dinner.

3 我們下週末何不見個面呢？
Why (　　) (　　) (　　) up next weekend?

4 找時間一起喝咖啡怎麼樣？
(　　) (　　) a coffee together sometime?

5 你接下來有什麼安排（計畫）嗎？
Do you (　　) (　　) (　　) for later?

6 你想出去喝一杯嗎？
(　　) you (　　) to (　　) out (　　) a drink?

7 我很想，但我下週整個禮拜都不在。
I'd (　　) (　　), but I'll (　　) (　　) all next week.

8 我們會在展覽（會場）見面。
We're going to (　　) (　　) at the exhibition.

138

🎧 › 062 （ 解 答 ）

請對照中文和英文句子。
一邊聽音檔，一邊出聲跟著唸，
記憶效果會更好。

1. 我很想，但我有一個非常重要的約。下次再約我吧。
   I'd love to, but I have a very important appointment. Let me know next time.

2. 我們找時間見面吃晚餐吧。
   Let's meet up sometime for dinner.

3. 我們下週末何不見個面呢？
   Why don't we catch up next weekend?

4. 找時間一起喝咖啡怎麼樣？
   How about a coffee together sometime?

5. 你接下來有什麼安排（計畫）嗎？
   Do you have any plans for later?

6. 你想出去喝一杯嗎？
   Would you like to go out for a drink?

7. 我很想，但我下週整個禮拜都不在。
   I'd love to, but I'll be away all next week.

8. 我們會在展覽（會場）見面。
   We're going to meet up at the exhibition.

快速反應訓練 （熟練學到的表達方式！）

記憶並熟練 Unit 17 學到的表達方式與相關句型。
請看以下的中文，嘗試立刻翻譯成英文。
如果覺得很難的話，請參考下面挖空的英文句子，
思考要填入什麼單字，並且出聲唸唸看。

9 我們何不向不同的供應商訂購零件呢？
(　　　)(　　　)(　　　) order the parts from a different supplier?

10 你知道他們是否有雇用更多員工的計畫嗎？
Do you know if they (　　　)(　　　)(　　　) to recruit more staff?

11 你有到訪工地現場的計畫嗎？
(　　　) you have (　　　)(　　　) to visit the site?

12 您在等待的時候想坐下來嗎？
(　　　) you (　　　) to sit down while you wait?

13 我很想，但我明天已經很忙了。
I'd (　　　)(　　　),(　　　) I'm (　　　) busy tomorrow.

14 在等待的期間，我們何不把貨都卸下來呢？
(　　　)(　　　)(　　　) unload everything while we're waiting?

15 週末你有什麼安排（計畫）嗎？
Do you have (　　　)(　　　)(　　　) the weekend?

16 今天下午開會怎麼樣？
(　　　)(　　　) a meeting this afternoon?

🎧 063　（ 解 答 ）

請對照中文和英文句子。一邊聽音檔，一邊出聲跟著唸，記憶效果會更好。

9　我們何不向不同的供應商訂購零件呢？
Why don't we order the parts from a different supplier?

10　你知道他們是否有雇用更多員工的計畫嗎？
Do you know if they have any plans to recruit more staff?

11　你有到訪工地現場的計畫嗎？
Do you have any plans to visit the site?

12　您在等待的時候想坐下來嗎？
Would you like to sit down while you wait?

13　我很想，但我明天已經很忙了。
I'd love to, but I'm already busy tomorrow.

14　在等待的期間，我們何不把貨都卸下來呢？
Why don't we unload everything while we're waiting?

15　週末你有什麼安排（計畫）嗎？
Do you have any plans for the weekend?

16　今天下午開會怎麼樣？
How about a meeting this afternoon?

Unit 18

Q. 這段對話，哪裡不夠好？

Yui 正在和同事 Pierre 討論新的宣傳活動。
請確認對話內容，思考一下是否有不太自然的地方。

Pierre: We've got a month and a half until the new campaign goes live.

Yui: Time sure is flying. We have to hurry up and get ready for it!

Pierre: Online events are getting a lot of attention these days, so we'd like to try something new.

Yui: For sure! Since it's a completely new project, I'd like for us to make it an incredible success. How do you think?

中譯

Pierre：在新的宣傳活動上線之前，我們還有一個半月。

Yui：時間真的過得很快。我們得趕快做好準備！

Pierre：最近網路活動受到很多關注，所以我們想嘗試新的東西。

Yui：沒錯！既然是全新的專案，我希望讓它大獲成功。你怎麼想？

A. 這裡可以更好！

△ How do you think?

◎ What do you think we should do?

> △ 用 How do you think? 問意見是不行的！

　　How 的用法例如 How did you do it?（你是怎麼做的？）和 How did you meet him?（你是怎麼遇到他的？），意思是「怎麼樣」、「如何」，表示方法。所以，如果問 How do you think?，會被認為是在**問思考的方法「你是怎麼樣思考的？」**，但即使是要表達這個意思，通常也會使用 How did you come up with that idea?（你是怎麼想到那個主意的？）之類的說法。如果只說 How do you think?，對方會覺得不自然：**「你問我是怎麼思考的…到底想問什麼？」**。

　　另外，像 How do you think? 這樣簡短的說法，在商務場合顯得口氣有點衝而不成熟。**請明確表達自己想要詢問關於什麼的意見**。雖然也有人用 This is a problem.、Thank you. 之類簡單的英語進行商務溝通，但在全球商務中，「只要聽得懂，就算是簡單的英語也無妨」這種想法是行不通的。就像 Thank you. 應該說成 Thank you for taking time to attend this meeting.（謝謝您抽出時間參加這場會議）一樣，**具體說出感謝的事情很重要**。在全球商務中，請花點心思說出「更進一步」的禮貌英語。

◎ 詢問時，以「3C」原則具體表達

🎧 > 064 > 請聽音檔，並且跟讀理想的表達方式。

What do you think we should do?

在開會等場合，如果想問對方「你覺得怎麼樣？」，應該使用 What 而不是 How，以 What do you think? 的方式來問。如果要詢問意見的事情已經很明確了，可以只說 What do you think?，但在商務場合中，像 What do you think we should do? 這樣**具體說出自己在問的是哪件事比較好**。

另外，也可以使用 What do you think about -ing?（你覺得做⋯怎麼樣？）這個句型，例如 What do you think about launching this project in July?（你覺得在 7 月開始這個專案怎麼樣？）、What do you think about taking over this project from next month?（你覺得〔你〕從下個月開始接手這個專案怎麼樣？）。

詢問意見的時候，也可以說 What is your opinion about ...?（你對於⋯的意見是什麼？）。

在全球商務環境中，**必須以合邏輯的根據進行說明，並且遵循「3C」（Clear 明確、Crisp 簡潔、Concrete 具體）的原則**。在每個人的背景各自不同的全球化社會，保持具體、明確傳達資訊是很重要的。

徵求意見時可以使用的句型

🎧 › 065 › 學習與 Unit 18 相關的便利表達方式

- **Let me hear your honest opinion.**
  請告訴我您誠實的意見。
- **Does anyone have any different views?**
  有人有不同的看法嗎？
- **We're seeking your ideas.**
  我們正在尋求你的想法。

對於自己的工作，傾聽周遭的意見很重要。要在國際企業做出成果，不能只是自己一個人埋頭工作，而必須吸取身邊人們的知識與經驗。

想徵求誠實的意見時，可以說 Let me hear your honest opinion.。其中的 honest opinion 也可以替換成 frank comment，因為 frank 也有「坦白的」的意思。

Does anyone have any different views? 是在會議中徵求不同意見的說法，也可以說 Are there any other comments?（還有其他的意見嗎？）。會議就是彼此交流意見的場合。每當自己提出意見時，可以像這樣詢問別人，看看是否有其他意見。

除了 We're seeking your ideas. 以外，使用 seek（尋求～）這個詞的表達方式還有 We're seeking your advice.（我們正在尋求你的建議）等等。

快速反應訓練

記憶並熟練 Unit 18 學到的表達方式與相關句型。
請看以下的中文，嘗試立刻翻譯成英文。
如果覺得很難的話，請參考下面挖空的英文句子，
思考要填入什麼單字，並且出聲唸唸看。

1 你認為我們應該做什麼？
（　　　）do you（　　　）we should do?

2 請告訴我您誠實的意見。
（　　　）me hear your（　　　）opinion.

3 有人有不同的看法嗎？
Does（　　　）have any（　　　）（　　　）?

4 我們正在尋求你的想法。
We're（　　　）your（　　　）.

5 你對新的組織（架構）圖有什麼想法？
（　　　）（　　　）you（　　　）（　　　）the new organization chart?

6 關於 Jim 的離職，你誠實的意見是什麼？
What's your（　　　）（　　　）about Jim leaving?

7 （當時）她抱持和我們其他人完全不同的看法。
She had a completely（　　　）（　　　）（　　　）the rest of us.

8 我們正在尋求（徵求）兩名全職清潔人員。
We're（　　　）two full-time cleaning staff.

🎧 066　（ 解 答 ）

請對照中文和英文句子。
一邊聽音檔，一邊出聲跟著唸，
記憶效果會更好。

1　你認為我們應該做什麼？
What do you think we should do?

2　請告訴我您誠實的意見。
Let me hear your honest opinion.

3　有人有不同的看法嗎？
Does anyone have any different views?

4　我們正在尋求你的想法。
We're seeking your ideas.

5　你對新的組織（架構）圖有什麼想法？
What do you think about the new organization chart?

6　關於 Jim 的離職，你誠實的意見是什麼？
What's your honest opinion about Jim leaving?

7　（當時）她抱持和我們其他人完全不同的看法。
She had a completely different view from the rest of us.

8　我們正在尋求（徵求）兩名全職清潔人員。
We're seeking two full-time cleaning staff.

用 Let's 在提醒注意的同時表現出團隊感

　　隨著工作經驗累積、位階提升，有時會遇到需要提醒下屬或同事注意工作事項的情況。不過，如果把責罵或警告的話直接翻譯成英語，在海外可能會被認為過度嚴厲，而讓人聽起來感覺很傲慢。

　　例如 Please don't make the same mistakes again.（請不要再犯同樣的錯），就算加了 Please 想讓自己顯得禮貌一點，但在對方聽來應該還是很強烈的批評。這時候，如果想要「以溫和的口吻，委婉地提醒注意」，就可以用 Let's 來表達。

- **Let's not do it again.**
  我們以後別再這樣了。

- **Let's be careful about how to manage this from now on.**
  從現在起，我們要注意處理這件事的方式。

　　使用 Let's 可以表現出與對方一同前進的姿態，傳達「你和我都必須注意」的訊息，提醒大家作為 one team 一起進行改善。

　　除了 Let's 以外，也可以使用 Why don't we ...? 來表達，如下所示。

- **Why don't we avoid making the same mistake again?**
  我們一起避免再犯同樣的錯誤吧。

　　即使提醒別人注意時也請留意，要使用顧慮對方感受的說法。

4

讓人覺得
「不想跟這個人討論！」
的英語

在這一章要介紹的，
是讓對方覺得「跟這個人討論下去，
也不會往建設性的方向發展」的句子。
為了讓彼此能夠積極進行討論，
請務必閱讀這一章。

Unit 19

Q. 這段對話,哪裡不夠好?

包含 Nana 和 Lisa 在內的團隊,
正在和團隊領導人 Bruno 開會。
請看以下對話,思考一下是否有不太自然的地方。

Nana: Excuse me?

Bruno: Didn't you hear me? I'm sorry. I said I wanted to ask young children's parents for their opinions on products.

Nana: All right. How about asking them on social media what their frustrations are with children's products and what could be improved?

Bruno: That's a great idea. So, Lisa, could you create some social media posts this week and share the text via email with everyone on the team?

Lisa: Excuse me?

中譯

Nana:不好意思,你說什麼?

Bruno:你沒聽到嗎?抱歉。我說我想要問幼童父母對產品的意見。

Nana:好的。在社交媒體問他們對於孩童用品的不滿,以及可以改善的地方,怎麼樣?

Bruno:那是很好的主意。那麼,Lisa,你可以在這禮拜寫一些社交媒體的貼文,並且透過電子郵件把文字分享給每個團隊成員嗎?

Lisa:不好意思,你說什麼?

A. 這裡可以更好！

△ Excuse me?

◎ Would you say that again, please?

△ 會讓人覺得「我說話有那麼小聲嗎？」

　　使用英語進行日常商務活動時，經常會遇到對方說話速度太快，或者使用的單字太難，而聽不懂的情況。這個時候，沒有時間猶豫「請人家再說一遍會不會很失禮」。如果聽不懂的話，請馬上要求對方說明清楚。在各種不同背景的人聚集的全球化社會中，如果聽者聽不懂，往往被認為是因為說話者沒有充分說明的關係。也就是說，一般認為說話者有責任用聽者能理解的方式進行說明，所以**如果聽不清楚的話，不需要客氣，直接請對方再說一次即可**。

　　不過，在這種情況也必須注意避免失禮。Excuse me? 和 Pardon? **大多用在對方聲音太小而聽不清楚的時候**。所以，如果像這裡的對話一樣，一再說 Excuse me? 的話，被這樣說的人應該會覺得煩躁：「我說話有那麼小聲嗎？」。

　　另外，Excuse me. 也經常用在想禮貌地引起他人注意的時候，表示「不好意思」、「請問一下」，或者在差點碰到別人的時候表示「不好意思」、「抱歉」。

請人再說一次的時候，用 Would you …? 禮貌地表達

🎧 > 067 > 請聽音檔，並且跟讀理想的表達方式。

Would you say that again, please?

　　請對方再說一次的時候，使用 Would you … ?，**問對方 Would you say that again, please?（可以請您再說一次嗎？），就不會顯得失禮了**。這個句子也可以用在對方說的話比較長的時候，表示希望對方可以重新表達一次，好讓自己清楚理解。

　　在會議等熱烈討論的途中，如果有聽不清楚的內容，**需要快速請對方重述的時候，也可以說 Sorry?**。因為 sorry 是表達自己犯錯的詞語，沒有像 Excuse me? 那種可能感覺像是怪罪對方的語感，所以不會讓被說 Sorry? 的人感到不悅。

　　另外，也可以用 Could you …? 來表達，例如 Could you say that again?（可以請您再說一次嗎？）或者 Could you say that one more time?（可以請您再講一次嗎？）。

　　如果是在私人場合或與親近的人交流時，使用 Would you …? 或 Could you …? 會顯得太過客氣，所以**用 Sorry? 或 Say again?（再說一次）簡單地請求對方就可以了**。

　　漏聽對方所說的話時，請不要忽略，而應該請對方重述一次，展現自己想要理解的態度。假裝聽懂而應付過去，是最不誠實的應對方式。

聽不太懂對方的意思時可以使用的句型

> 068 > 學習與 Unit 19 的場合相關的便利表達方式

- **What exactly do you mean by that?**
  你說的話具體上是什麼意思？
- **Would you mind repeating that?**
  可以請您再說一次嗎？
- **Just to be sure, do you mean that ...?**
  只是想確認一下，你的意思是…嗎？
- **Let me check if I'm understanding this correctly.**
  讓我確認一下自己的理解是否正確。
- **Could you elaborate on that?**
  可以請您詳細說明嗎？

在會議等場合聽到別人的發言，想問「確切來說是什麼意思」，希望對方用其他方式具體說明的時候，可以問 What exactly do you mean by that?。exactly 的意思是「確切地」，而像這樣用在疑問句時，則會有「究竟、到底…」這種詢問具體意思的意味。exactly 的用法還有 Exactly.（一點也沒錯）、Not exactly.（不完全是那樣）、I'm not exactly sure.（我不是完全確定）等等，在肯定句、否定句都很常用。

Just to be sure, do you mean that ...? 是在不確定自己理解是否正確的時候，用來向對方確認的句子。加上 Just to be sure 這個緩衝語氣的表達方式，可以展現自己「為了慎重起見而確認」的態度，而能夠帶給對方安心感。

elaborate on ... 則是「詳細說明…」的意思。在完全不明白對方說什麼的時候，也可以用這個方便的表達方式，請對方提供更多資訊。

快速反應訓練 （熟練學到的表達方式！）

記憶並熟練 Unit 19 學到的表達方式與相關句型。
請看以下的中文，嘗試立刻翻譯成英文。
如果覺得很難的話，請參考下面挖空的英文句子，
思考要填入什麼單字，並且出聲唸唸看。

1 可以請您再說一次嗎？
（   ） you （   ） that （   ）, please?

2 你說的話具體上是什麼意思？
What （   ） do you （   ）（   ） that?

3 可以請您再說一次嗎？
（   ） you （   ）（   ） that?

4 只是想確認一下，你的意思是我應該在星期三之前把它完成嗎？
（   ） to be （   ）, do you （   ）（   ） I should get it done by Wednesday?

5 讓我確認一下自己的理解是否正確。
（   ） me check if I'm understanding this （   ）.

6 可以請您詳細說明嗎？
Could you （   ）（   ） that?

7 只是想確認一下，再說一次他的地址是什麼？
（   ）（   ）（   ）（   ）, what's his address again?

8 讓我詳細說明。
Allow me to （   ）.

069 解答

請對照中文和英文句子。
一邊聽音檔,一邊出聲跟著唸,
記憶效果會更好。

1 可以請您再說一次嗎?
Would you say that again, please?

2 你說的話具體上是什麼意思?
What exactly do you mean by that?

3 可以請您再說一次嗎?
Would you mind repeating that?

4 只是想確認一下,你的意思是我應該在星期三之前把它完成嗎?
Just to be sure, do you mean that I should get it done by Wednesday?

5 讓我確認一下自己的理解是否正確。
Let me check if I'm understanding this correctly.

6 可以請您詳細說明嗎?
Could you elaborate on that?

7 只是想確認一下,再說一次他的地址是什麼?
Just to be sure, what's his address again?

8 讓我詳細說明。
Allow me to elaborate.

快速反應訓練

熟練學到的表達方式！

記憶並熟練 Unit 19 學到的表達方式與相關句型。
請看以下的中文，嘗試立刻翻譯成英文。
如果覺得很難的話，請參考下面挖空的英文句子，
思考要填入什麼單字，並且出聲唸唸看。

9 那正是我所想的！
That's (　　　) what I was thinking!

10 您介意在我打電話給 Jose 的時候等一下嗎？
(　　　) you (　　　) (　　　) while I call Jose?

11 我不確定您的意思，可以請您詳細說明嗎？
I'm not sure (　　　) you (　　　) ; could you (　　　)？

12 可以請您幫我搬這個櫃子嗎？
(　　　) you (　　　) me move this cabinet?

13 為了確認一下，我會重新數這個箱子裡有多少個。
(　　　) (　　　) (　　　) (　　　), I'll (　　　) how many there are in this box again.

14 他不想要詳細說明。
He didn't (　　　) to (　　　).

15 可以請您幫我檢查這些文件嗎？
(　　　) (　　　) check this paperwork for me?

16 為了確認一下，我會寄一封電子郵件提醒她。
(　　　) (　　　) (　　　) (　　　), I'm going to (　　　) an (　　　) (　　　) (　　　) her.

156

🎧 › 070 （ 解 答 ）

請對照中文和英文句子。
一邊聽音檔，一邊出聲跟著唸，
記憶效果會更好。

9 那正是我所想的！
That's exactly what I was thinking!

10 您介意在我打電話給 Jose 的時候等一下嗎？
Would you mind waiting while I call Jose?

11 我不確定您的意思，可以請您詳細說明嗎？
I'm not sure what you mean; could you elaborate?

12 可以請您幫我搬這個櫃子嗎？
Would you help me move this cabinet?

13 為了確認一下，我會重新數這個箱子裡有多少個。
Just to be sure, I'll count how many there are in this box again.

14 他不想要詳細說明。
He didn't want to elaborate.

15 可以請您幫我檢查這些文件嗎？
Would you check this paperwork for me?

16 為了確認一下，我會寄一封電子郵件提醒她。
Just to be sure, I'm going to send an email to remind her.

Unit 20

Q. 這段對話,哪裡不夠好?

Kei 和上司 Justin 正在討論電視節目的訪談單元。
請看以下對話,思考一下是否有不太自然的地方。

Kei: What did you say the theme for the next interview segment is?

Justin: We're going to cover the latest information about studying abroad.

Kei: Studying abroad? That sounds interesting.

Justin: Yeah. But it's a field that's completely new to me. Do you know anything about it?

Kei: I have no idea.

中譯

Kei:您說下次訪談單元的主題是什麼?

Justin:我們會討論最新的留學資訊。

Kei:留學?聽起來很有趣。

Justin:是啊。不過這是我完全不熟悉的領域。你對這方面有什麼了解嗎?

Kei:我不清楚。

A. 這裡可以更好!

△ I have no idea.

◎ I have no idea, but Bill can probably help you.

△ 會讓人覺得「問這個人也沒用」

當別人用英語問自己某件事的時候,要立刻回答是件意外困難的事。我在工作上被外國人問到某件事的時候,能馬上回答的內容也不多。

話雖如此,如果總是回答「我不知道」,就會**讓人覺得「問這個人也得不到什麼資訊,真是不可靠」**,讓周遭的人留下負面的印象。

另外,I have no idea. 雖然英語本身沒有錯,但因為 I have no idea. 有強烈表明「我什麼都不知道」的意味,所以**如果只說這樣一句的話,會讓對方留下冷淡無禮的印象**,甚至有可能產生「不配合幫忙的人」的印象。簡單的句子雖然有可以簡短對話的優點,但也可能造成對話太快就結束。

我認為,商務交流就是和對方保持溝通,逐漸建立信任關係的過程。和只說「我不知道」的人比起來,**對自己不熟悉的範圍也努力提供資訊的人更能獲得信任,而得到全球化社會的青睞**。所以,請不要讓對話立刻結束,而要在自己所知的範圍內盡量提供有用的資訊給對方。

> ◎ 採取努力傳達資訊的態度，就算不確定的資訊也要提供

🎧 ⟩ 071 ⟩ 請聽音檔，並且跟讀理想的表達方式。

I have no idea, but Bill can probably help you.

　　如果有人向自己詢問事情，就算不太清楚，也要**在自己所知的範圍內想出可以提供的資訊，這種努力傳達資訊的態度很重要**。

　　要是自己確實不清楚，可以使用 probably（可能）這個詞，告知 I have no idea, but Bill can probably help you.（我不清楚，但 Bill 可能可以幫你），也是一種回應的方法。如果後面可以補充 Because he has studied abroad.（因為他曾經留學）等等，提供的資訊就會更有用。

　　不想直接說 I have no idea.，而想用比較委婉的方式表達的話，可以把表示「確定」的 sure 改成否定形，說 **I'm not sure, but ...**（我不確定，但是⋯）。

　　或許你會猶豫是否該說出不確定的資訊，但實際上，當你自己處於詢問別人的立場時，就算得到的是不確定的資訊，**那些先表明「雖然不確定」但仍然努力提供資訊的人，還是會顯得更有合作態度**吧。

　　在全球化的商務環境中，保持積極的態度是基本原則。請運用「可能」、「雖然不確定」等表達方式，讓對話不要結束在「我不知道」。

展現配合的態度，樂意接受工作時可以使用的句型

🎧 > 072 > 學習與 Unit 20 相關的便利表達方式

- **I'd be happy to help you!**
  我很樂意幫你的忙！
- **You're always welcome!**
  隨時歡迎（找我幫忙）！
- **Of course! It'd be my pleasure!**
  當然！這是我的榮幸！

別人請我幫忙的時候，我不會只是單純答應，而會在接受請求的同時盡量加上積極正面的話語。這樣一來，自然能吸引周遭的人，也更容易獲得各種資訊。

接受請求時，雖然可以使用 Sure.、Of course.、Why not? 等簡單的說法，但如果想給人積極且配合的印象，請試著說 I'd be happy to help you!。使用 would 顯得比較禮貌，happy 則可以給人正面積極的印象。如果說 I'd be more than happy to support you.（我非常樂意協助您），則可以展現更加積極配合的態度。

當別人對自己道謝時，可以回答 You're always welcome!。加上 always 之後，可以傳達「隨時歡迎找我幫忙」的意思，表現出開放的印象。

It's my pleasure. 是比 You're welcome. 更尊敬的表達方式，It's 改為 It'd be 可以進一步提高禮貌程度。

快速反應訓練

熟練學到的表達方式！

記憶並熟練 Unit 20 學到的表達方式與相關句型。
請看以下的中文，嘗試立刻翻譯成英文。
如果覺得很難的話，請參考下面挖空的英文句子，
思考要填入什麼單字，並且出聲唸唸看。

1 我不清楚，但 Bill 可能可以幫你。
I (　　) no (　　), (　　) Bill can (　　) help you.

2 我很樂意幫你的忙！
I'd (　　) (　　) to help you!

3 隨時歡迎（找我幫忙）！
You're (　　) (　　)!

4 當然！這是我的榮幸！
(　　) course! It'd (　　) my (　　)!

5 我不清楚，但我可以在網路上查看。
I (　　) (　　) (　　), (　　) I can check online.

6 我很樂意下週任何時候拜訪。
I'd be (　　) (　　) (　　) anytime next week.

7 我很榮幸介紹我們新的工程師，Manuela Obrador。
It's (　　) (　　) (　　) introduce our new engineer, Manuela Obrador.

8 如果你想在 12:30 開始會議，我很樂意早點吃午餐。
I'd be (　　) (　　) (　　) lunch earlier if you want to start the meeting at 12:30.

162

🎧 073　**(解 答)**　請對照中文和英文句子。一邊聽音檔，一邊出聲跟著唸，記憶效果會更好。

1 我不清楚，但 Bill 可能可以幫你。
I have no idea, but Bill can probably help you.

2 我很樂意幫你的忙！
I'd be happy to help you!

3 隨時歡迎（找我幫忙）！
You're always welcome!

4 當然！這是我的榮幸！
Of course! It'd be my pleasure!

5 我不清楚，但我可以在網路上查看。
I have no idea, but I can check online.

6 我很樂意下週任何時候拜訪。
I'd be happy to visit anytime next week.

7 我很榮幸介紹我們新的工程師，Manuela Obrador。
It's my pleasure to introduce our new engineer, Manuela Obrador.

8 如果你想在 12:30 開始會議，我很樂意早點吃午餐。
I'd be happy to take lunch earlier if you want to start the meeting at 12:30.

Unit 21

Q. 這段對話,哪裡不夠好?

在討論新款化妝品廣告要選擇的藝人時,
剛加入這個團隊的 Dai 說出他的意見。
請確認對話內容,思考一下是否有不太自然的地方。

Bella: I'd like to use either the actress Scarlett Jones or the model Olivia Hernandez in the commercial for the new lipstick.

Loretta: I believe Scarlett would be better. She is closer to the image of the "perfect beauty" that this lipstick is aiming for.

Bella: You're right. She's getting more and more popular these days, and her profile is rising.

Dai: I can't agree with that. I'm sure that Olivia would be more familiar to the target customers.

中譯

Bella:我想請女演員 Scarlett Jones 或模特兒 Olivia Hernandez 拍攝新口紅的廣告。

Loretta:我認為 Scarlett 會比較好。她比較接近這款口紅主打的「無瑕之美」形象。

Bella:你說得對。她最近越來越受歡迎,知名度也在上升中。

Dai:我無法同意。我確定 Olivia 對目標客群而言會感覺比較熟悉。

A. 這裡可以更好！

△ I can't agree with that.

◎ I'm not very familiar with cosmetics, but I have a different opinion.

△ 會被認為「這個人講話也太嗆了吧」

在這裡的對話中，剛加入團隊的 Dai 說 I can't agree with that.（我無法同意），很直接地反對了比較資深的 Loretta 所提出的意見。在會議中，對知識與經驗較為豐富的上司或較資深者，就算是因為緊張，也不能直接說 I can't agree with that.。**這種說法表示內心完全否定 Loretta 的意見**，所以 Loretta 會覺得「說話太嗆了吧，我的知識和經驗明明比較豐富」，因而感到不悅。

在全球化社會中，提出反對意見其實是常有的事。相反地，如果一味贊同上司與身邊其他人的意見，採取「人家說什麼我就做什麼」的態度，是不會獲得好評的；「因為是這個人的專業領域，那我就不要插嘴好了」的態度也是一樣。

所以，對話範例中的 Dai 所遇到的這種情況，即使對方的地位比自己高，或者懂得比自己多，**有意見就要表達的態度還是很重要的。不過，也必須記得以尊重對方經驗與知識的心態，誠懇地表達自己的想法**。請加上「雖然我不太熟悉」之類緩衝語氣的說法，表示尊重對方，然後再陳述自己的意見。

先向對方表現敬意，再說出自己的意見

🎧 › 074 › 請聽音檔，並且跟讀理想的表達方式。

I'm not very familiar with cosmetics, but I have a different opinion.

面對上司、專業人士之類知識與經驗比自己豐富的人，如果想要提出自己的意見，要特別注意表達的方式。這時候，請在表達意見之前先用 I'm not very familiar with cosmetics, but ...（我對化妝品不太熟悉，但…）這種方式開頭。

先表明「雖然我不太熟悉」，這樣後面接著說 I have a different opinion.（我有不同的意見）的時候，就比較不會讓對方感到不愉快。除了 but 以外，也可以使用聽起來比較正式的 however。

but 後面接的不是 I can't agree.，而是 I have a different opinion.。不直接否定對方的意見，而用「我有不同的意見」這種方式來表達，可以委婉地表示反對。different opinion 也可以替換成 different view。

除了 I'm not familiar with ... 以外，也可以說 I don't know very much about this,（我對這個不是很了解）或者 You probably know more about this than I do,（您可能比我更了解這個）。

即使是面對上司或專業人士，也請**利用緩衝語氣和禮貌的表達方式，落落大方地說出自己的意見或提案**。

先認同對方意見，再陳述反對意見時可以使用的句型

🎧 ▸ 075 ▸ 學習與 Unit 21 相關的便利表達方式

- **Your suggestion sounds good, but ...**
  你的建議聽起來不錯，但⋯

- **You have a point, but ...**
  你說的有道理，但⋯

- **I mostly agree with it, but ...**
  我大致上同意，但⋯

- **I agree with you in part, but ...**
  我部分同意你，但⋯

- **That's one perspective, but ...**
  那也是一種觀點，但⋯

反對別人的意見時，為了不讓對方留下負面的印象，建議先加上表示認同對方意見的話來緩衝語氣。

You have a point, but ... 表示「你的意見雖然說中了一個重點，但⋯」。當對方的說法雖然正確，但不切實際或難以實現的時候，就可以使用這個句型。

如果要表達「雖然我大致上同意」，則可以使用 mostly agree（大致上同意），例如 I mostly agree with it, but how are we supposed to tell our customers?（〔你的意見〕我大致上同意，但我們應該怎麼告訴我們的顧客呢？）。

而要表達「部分贊成」的時候，可以使用 in part，例如 I agree with you in part, but I think you should talk to the manager first.（我部分同意你，但我認為你應該先和經理談談）。

另外，perspective 表示「觀點，看法」。That's one perspective, but ... 的意思是「那也是一種觀點，但⋯」。

熟練學到的表達方式！ 快速反應訓練

記憶並熟練 Unit 21 學到的表達方式與相關句型。
請看以下的中文，嘗試立刻翻譯成英文。
如果覺得很難的話，請參考下面挖空的英文句子，
思考要填入什麼單字，並且出聲唸唸看。

1 我對化妝品不太熟悉，但我有不同的意見。
I'm (　　) (　　) (　　) (　　) cosmetics, (　　) I have a different opinion.

2 你的建議聽起來不錯，但我想先聽其他人的意見。
Your (　　) (　　) (　　) , (　　) I want to hear everyone else's opinion first.

3 你說的有道理，但我們現在就必須行動。
You (　　) (　　) (　　) , (　　) we need to act now.

4 我大致上同意，但我們應該怎麼告訴我們的顧客呢？
I (　　) (　　) (　　) it, (　　) how are we supposed to tell our customers?

5 我部分同意你，但我認為整體而言你是錯的。
I (　　) with (　　) (　　) (　　) , but I think (　　) you're wrong.

6 那也是一種觀點，但我有不同的看法。
That's (　　) (　　) , but I have a (　　) (　　) .

7 我對這個區域不熟，但我可以用我手機上的地圖。
I'm (　　) (　　) (　　) this area, but I can use the map on my phone.

8 你的建議聽起來不錯，但會花太多錢。
(　　) (　　) (　　) (　　) , but it would (　　) too much.

🎧 076   (解 答)   請對照中文和英文句子。
一邊聽音檔，一邊出聲跟著唸，
記憶效果會更好。

1
我對化妝品不太熟悉，但我有不同的意見。
I'm not very familiar with cosmetics, but I have a different opinion.

2
你的建議聽起來不錯，但我想先聽其他人的意見。
Your suggestion sounds good, but I want to hear everyone else's opinion first.

3
你說的有道理，但我們現在就必須行動。
You have a point, but we need to act now.

4
我大致上同意，但我們應該怎麼告訴我們的顧客呢？
I mostly agree with it, but how are we supposed to tell our customers?

5
我部分同意你，但我認為整體而言你是錯的。
I agree with you in part, but I think overall you're wrong.

6
那也是一種觀點，但我有不同的看法。
That's one perspective, but I have a different view.

7
我對這個區域不熟，但我可以用我手機上的地圖。
I'm not familiar with this area, but I can use the map on my phone.

8
你的建議聽起來不錯，但會花太多錢。
Your suggestion sounds good, but it would cost too much.

熟練學到的表達方式！快速反應訓練

記憶並熟練 Unit 21 學到的表達方式與相關句型。
請看以下的中文，嘗試立刻翻譯成英文。
如果覺得很難的話，請參考下面挖空的英文句子，
思考要填入什麼單字，並且出聲唸唸看。

9 你說的有道理，但如果我們不早點買，價格會上漲。
（　　）（　　）a（　　），（　　）if we don't buy them soon the price will go up.

10 我大致上同意，但我希望我們有更多時間討論它。
I（　　）（　　）（　　）（　　），（　　）I wish we had more time to discuss it.

11 我部分同意你，但你應該先跟上司談談。
I（　　）（　　）（　　）（　　）（　　），（　　）you（　　）talk to the manager first.

12 我想要得到對於這件事的不同觀點。
I'd（　　）（　　）get a（　　）（　　）on this.

13 你的建議聽起來不錯，但現在太晚了。
（　　）（　　）（　　）（　　），（　　）it's too late now.

14 你說的有道理，但我會繼續用這個方式做。
（　　）（　　）（　　）（　　），（　　）I'm going to carry on doing it（　　）（　　）.

15 你對於（企業）合併提案的觀點是什麼？
What's your（　　）（　　）the proposed merger?

16 我對軟體不熟悉。不過，網路上有許多教學。
I'm（　　）（　　）（　　）the software.（　　），there are lots of tutorials online.

077　解答

請對照中文和英文句子。一邊聽音檔，一邊出聲跟著唸，記憶效果會更好。

9　你說的有道理，但如果我們不早點買，價格會上漲。
You have a point, but if we don't buy them soon the price will go up.

10　我大致上同意，但我希望我們有更多時間討論它。
I mostly agree with it, but I wish we had more time to discuss it.

11　我部分同意你，但你應該先跟上司談談。
I agree with you in part, but you should talk to the manager first.

12　我想要得到對於這件事的不同觀點。
I'd like to get a different perspective on this.

13　你的建議聽起來不錯，但現在太晚了。
Your suggestion sounds good, but it's too late now.

14　你說的有道理，但我會繼續用這個方式做。
You have a point, but I'm going to carry on doing it this way.

15　你對於（企業）合併提案的觀點是什麼？
What's your perspective on the proposed merger?

16　我對軟體不熟悉。不過，網路上有許多教學。
I'm not familiar with the software. However, there are lots of tutorials online.

Unit 22

Q. 這段對話,哪裡不夠好?

Ryo 和比較資深的 David 以及上司 Alena,
正在看新產品的銷售報告並進行討論。
請確認對話內容,思考一下是否有不太自然的地方。

David: This is the new product sales report.

Alena: Even though we just launched the product, sales haven't been as good as we initially expected.

David: Unfortunately, no, they haven't. Although I'm sure it's a better product than our rivals'.

Ryo: I'll tell you what I think we should do.

中譯

David:這是新產品的銷售報告。

Alena:儘管我們才剛推出這個產品,但銷售情況沒有我們最初期望的那麼好。

David:可惜真的沒有。雖然我確定它比我們競爭對手的產品好。

Ryo:我來告訴你們我認為該做什麼。

A. 這裡可以更好！

△ I'll tell you what I think we should do.

◎ Let me share what I think we should do.

△ **陳述意見時使用 tell，像是用「上對下的姿態」講話**

　　tell 有「告訴…，叫某人做某事」的意思，給人**不考慮對方，單方面告知訊息的印象**。所以，在本單元對話的情況中，如果用 I'll tell you ... 向上司或比較資深的同事表達意見，會有像是「我跟你們說啦…」的口氣，給人彷彿以上對下的姿態講話的印象。

　　和 tell 類似的詞還有 inform。I'll inform you what I think we should do. 聽起來也會顯得自以為了不起，所以最好避免使用。不過，如果像是有人要問車站在哪裡的情況，這種時候因為雙方詢問資訊、告知資訊的角色很明確，所以用 tell 說 I'll tell you the way to the station.（我來告訴你去車站的路）是沒有問題的。

　　我想，一個覺得自己意見最正確、用上對下的姿態講話的人，是不會有人想聽他意見的。「每個人的意見都是獨特且值得尊重的」，是全球化環境的基本理念。和外國人一起工作時，必須注意自己的言行是否自以為是、沒有考慮到別人。說話時請注意自己的表達方式，不要使用太武斷的說法或上對下的口吻，避免無意之中讓人誤會。

◎ 用 share 表達意見可以避免造成不快

🎧 ▸ 078 ▸ 請聽音檔，並且跟讀理想的表達方式。

Let me share what I think we should do.

　　表達自己的意見時，建議使用 share 而不是 tell。就像是「分享點心」這種用法一樣，使用 share 的話，就不會有 tell 那種不考慮對方、單方面告知訊息的感覺，而是**和對方「共享」資訊的意思**。

　　因為不是把自己的意見強加在別人身上，而是「分享」的感覺，所以會顯現出尊重對方的印象。使用 Let me share（讓我分享一下）這個表達方式，例如 Let me share what I think we should do.（讓我分享一下我認為該做什麼），在表達自己意見的時候就不會顯得高傲了。

　　除了表達自己的意見，在徵求對方意見的時候，也可以說 Could you share your opinion about this?（可以請您分享對於這件事的意見嗎？）。而當對方提出意見時，可以說 Thank you for sharing your opinion.（感謝您分享意見）向對方道謝。

　　在全球化社會中，積極發言而不沉默的態度很重要。請在避免不顧別人感受、強加自己意見的前提之下，大方地 share 自己的意見。

⊕ 會議中別人正在交談，而自己想插話時可以使用的句型

🎧 › 079 › 學習與 Unit 22 相關的便利表達方式

- **Can I cut in for a moment?**
  我可以插一下話嗎？
- **Can I just say something?**
  我可以說點什麼嗎？
- **Let me add something.**
  讓我補充一下。
- **Sorry to disturb you, but ...**
  抱歉打擾你們，但⋯
- **Excuse me for interrupting, but ...**
  不好意思打斷談話，但⋯

　　基本上，會議中有人發言時，應該好好聽那個人說話，但如果有疑問或反對意見的話，只想著「會議結束後再確認好了」是不行的。在節奏快速的全球化商務環境中，「事情要在會議中解決」是很重要的原則。如果有在意或者不清楚的地方，請在避免失禮的前提下適時打岔。

　　Can I cut in for a moment? 的 cut in 是「插話」的意思，也可以用 jump in 來表達。

　　Sorry to disturb you, but ... 則是在別人講話途中打斷的感覺。因為這個說法很簡短，而且在開會以外的場合也可以用，所以是我最常用的說法。也可以說 Sorry to bother you, but ...。

　　如果在別人用文字訊息對話時，要中途插入發言，或者想要顯得禮貌時，用 Excuse me for interrupting, but ... 這種完整的句子比較好。不過，如果在會議中想要立刻插入別人的對話，也可以簡單地說 Excuse me. 或 Sorry. 就好。

175

快速反應訓練

熟練學到的表達方式！

記憶並熟練 Unit 22 學到的表達方式與相關句型。
請看以下的中文，嘗試立刻翻譯成英文。
如果覺得很難的話，請參考下面挖空的英文句子，
思考要填入什麼單字，並且出聲唸唸看。

1 讓我分享一下我認為該做什麼。
(　　　) me (　　　) what I think we should do.

2 我可以插一下話嗎？
Can I (　　　) (　　　) for a moment?

3 我可以說點什麼嗎？
(　　　) I just (　　　) (　　　)?

4 讓我補充一下。
Let me (　　　) (　　　).

5 抱歉打擾你們，但我對這項計畫有些疑慮。
(　　　) to (　　　) you, (　　　) I have some concerns about this plan.

6 不好意思打斷談話，但可以請您說明您的論點嗎？
(　　　) me for (　　　), (　　　) could you (　　　) your point?

7 我希望大家都跟我分享你們對於辦公室布局的想法。
I'd like you all to (　　　) your (　　　) (　　　) the office layout with me.

8 他在我們交談的時候插了話。
He (　　　) (　　　) while we were talking.

🎧 080 **(解 答)** 請對照中文和英文句子。一邊聽音檔，一邊出聲跟著唸，記憶效果會更好。

1 讓我分享一下我認為該做什麼。
Let me share what I think we should do.

2 我可以插一下話嗎？
Can I cut in for a moment?

3 我可以說點什麼嗎？
Can I just say something?

4 讓我補充一下。
Let me add something.

5 抱歉打擾你們，但我對這項計畫有些疑慮。
Sorry to disturb you, but I have some concerns about this plan.

6 不好意思打斷談話，但可以請您說明您的論點嗎？
Excuse me for interrupting, but could you clarify your point?

7 我希望大家都跟我分享你們對於辦公室布局的想法。
I'd like you all to share your thoughts on the office layout with me.

8 他在我們交談的時候插了話。
He cut in while we were talking.

快速反應訓練 (熟練學到的表達方式!)

記憶並熟練 Unit 22 學到的表達方式與相關句型。
請看以下的中文，嘗試立刻翻譯成英文。
如果覺得很難的話，請參考下面挖空的英文句子，
思考要填入什麼單字，並且出聲唸唸看。

9 我可以簡單說點話嗎？
(　　　) I just (　　　) a few words?

10 不好意思插話了，但您的客戶來見您了。
(　　　) me for (　　　) (　　　), (　　　) your client's here to see you.

11 如果您有任何疑問，請隨時打岔。
Feel free to (　　　) (　　　) if you have any questions.

12 讓我補充一下，一旦簽署後，我們就無法做任何變更。
Let me (　　　) (　　　) once it's signed, we can't change anything.

13 我希望有機會和其他部門的人分享想法。
I'd like to have the opportunity to (　　　) (　　　) (　　　) people in other departments.

14 抱歉打擾你們，但我們現在先專注在主題上吧。
(　　　) to (　　　) (　　　), (　　　) let's (　　　) on the topic for now.

15 我可以在結束會議前說點什麼嗎？
(　　　) I just (　　　) (　　　) before we close the meeting?

16 不好意思打斷談話，但可以請您詳細說明嗎？
(　　　) (　　　) for (　　　), (　　　) could you (　　　) on that?

🎧 081　(解 答)

請對照中文和英文句子。
一邊聽音檔，一邊出聲跟著唸，
記憶效果會更好。

9 我可以簡單說點話嗎？
Can I just say a few words?

10 不好意思插話了，但您的客戶來見您了。
Excuse me for cutting in, but your client's here to see you.

11 如果您有任何疑問，請隨時打岔。
Feel free to cut in if you have any questions.

12 讓我補充一下，一旦簽署後，我們就無法做任何變更。
Let me add that once it's signed, we can't change anything.

13 我希望有機會和其他部門的人分享想法。
I'd like to have the opportunity to share ideas with people in other departments.

14 抱歉打擾你們，但我們現在先專注在主題上吧。
Sorry to disturb you, but let's focus on the topic for now.

15 我可以在結束會議前說點什麼嗎？
Can I just say something before we close the meeting?

16 不好意思打斷談話，但可以請您詳細說明嗎？
Excuse me for interrupting, but could you elaborate on that?

Unit 23

Q. 這段對話,哪裡不夠好?

團隊領導人 Yamato 要結束會議的時候,
下屬 Brian 說話了。
請看以下對話,思考一下是否有不太自然的地方。

Yamato: So, our next meeting will be next Monday.

Brian: May I have a moment?

Yamato: What's the matter?

Brian: In my opinion, we need to figure out how to make our meetings a little shorter.

Yamato: Why do you think that?

中譯

Yamato:那麼,我們下次會議是下星期一。

Brian:我可以說一下話嗎?

Yamato:什麼事?

Brian:在我看來,我們需要想出稍微縮短會議時間的方法。

Yamato:為什麼你會那樣想?

A. 這裡可以更好！

△ Why do you think that?

◎ What makes you think that?

△ Why? 聽起來像是在逼問

以前我看過一位派駐海外的日本人，不斷對外國人下屬生氣地說「Why? Why?」，那位外國人則是露出十分厭惡的表情。或許因為在學校學的就是「問理由＝Why?」，所以日本人似乎很常使用 why 這個詞。

有一種商業思考方法是，針對某個課題不斷詢問 Why?，藉此深入挖掘問題並追究根本的原因，也是顧問公司很常使用的方法。從這方面來看，用 why 進行思考，本身並沒有錯。

不過，**如果是直接對人問 why，聽起來會像是在逼問對方**。例如這裡的對話範例，Brian 應該是鼓起了勇氣才提出意見，這時候如果問他 Why? 的話，Brian 應該會產生退縮的想法：「他是在質疑我嗎？果然還是不要說話比較好」。而對於遲到的人，如果不斷用 why 問 Why did you come late?（你為什麼遲到？）、Why did it happen?（為什麼發生這種事？），**聽起來會顯得太過直接而尖銳，所以最好避免**。弄不好的話，還有可能被視為言語霸凌。

用 What 間接且溫和地詢問

🎧 > 082 > 請聽音檔,並且跟讀理想的表達方式。

What makes you think that?

我建議使用 What 或 How 的表達方式來代替 Why。舉例來說,Why do you think that? 可以改用 What makes you think that?「你為什麼那樣想(是什麼使得你那樣想)?」這種方式來表達,**因為是間接的表達方式,所以在詢問時不會帶給對方壓力。**

Why did you come late? 則可以改成 How come you came late? 這種說法。How come 也有「為什麼?」的意思,但後面接的不是疑問句型,而是一般的直述句型。

身為經理,我平時總是有意識地**創造可以輕鬆商談的環境**。因為這樣的話,在發現問題的時候,部下也比較容易開口,而能夠迅速做出應對。在商務環境中,就算只是稍微有點拖延,也是時間上的損失。一旦錯失時機,選擇就會減少,而導致失去重大的機會。如果因為嚴厲的說話方式,而造成周遭的人不敢開口的狀況,那麼大家也無法安心工作、建立信任關係。在我任職的 IT 企業,經常聽到「心理安全感」這個詞,我想這是因為**在工作時有安心的感覺非常重要**。所以,平時請抱持著互助的心態,努力營造 win-win(雙贏)而不會留下負面印象的溝通方式。

想提振部下或同事的士氣時可以使用的句型

🎧 › 083 › 學習與 Unit 23 相關的便利表達方式

- **I couldn't have done it without you.**
  沒有你我無法做到這件事。
- **I'm counting on you.**
  我就靠你了。
- **I'm proud of you.**
  我為你感到驕傲。

I couldn't have done it without you. 這個句型的 without，後面可以換成 your help（你的幫助）、your sincere support（你的誠摯協助）、your great cooperation（你的努力合作）等等。主詞除了用 I 以外，也可以像 We couldn't have done it without you. 這樣改成 We，可以提高團隊團結一致的感覺。

I'm counting on you. 是表示對別人有所期待的說法。You can count on me! 則有「交給我吧！」的意思，對上司也可以這樣說。

I'm proud of you. 直譯「我為你感到驕傲」或許感覺有點誇張，但在英語是平時很常用的說法，對同事、下屬、上司都可以使用。這個說法可以用在對別人的辛苦與努力表達敬意，以及與對方一起分享成功的喜悅時，傳達「就像自己的事情一樣感到高興」的意思。類似的表達方式 I'm honored to work with you.（和你一起工作是我的榮幸）也很常用。

熟練學到的表達方式！ 快速反應訓練

記憶並熟練 Unit 23 學到的表達方式與相關句型。
請看以下的中文，嘗試立刻翻譯成英文。
如果覺得很難的話，請參考下面挖空的英文句子，
思考要填入什麼單字，並且出聲唸唸看。

1 你為什麼那樣想？
(　　　) (　　　) you (　　　) that?

2 沒有你我無法做到這件事。
I couldn't (　　　) done (　　　) without you.

3 我就靠你了。
I'm (　　　) (　　　) you.

4 我為你感到驕傲。
I'm (　　　) (　　　) you.

5 為什麼你認為自己訂購了錯誤的種類？
What (　　　) you (　　　) you (　　　) the wrong type?

6 沒有你我無法完成這項工作。
I (　　　) (　　　) (　　　) this work (　　　) (　　　).

7 交給我吧！
You (　　　) (　　　) on me!

8 我為我們做到的事感到驕傲。
I'm (　　　) of (　　　) we've (　　　).

184

> 084　(解 答)

請對照中文和英文句子。
一邊聽音檔，一邊出聲跟著唸，
記憶效果會更好。

1 你為什麼那樣想？
What makes you think that?

2 沒有你我無法做到這件事。
I couldn't have done it without you.

3 我就靠你了。
I'm counting on you.

4 我為你感到驕傲。
I'm proud of you.

5 為什麼你認為自己訂購了錯誤的種類？
What makes you think you ordered the wrong type?

6 沒有你我無法完成這項工作。
I couldn't have finished this work without you.

7 交給我吧！
You can count on me!

8 我為我們做到的事感到驕傲。
I'm proud of what we've done.

Unit 24

Q. 這段對話,哪裡不夠好?

Luca 請上司 Haru 看一下資料。
請確認對話內容,思考一下是否有不太自然的地方。

Luca: The marketing materials are now ready to be distributed at the upcoming meeting.

Haru: That's good. Maybe you can add a price description and some of the user feedback that we've collected.

Luca: OK. When do I need to submit my revisions?

Haru: You must finish them by tomorrow.

中譯

Luca:行銷資料已經準備好,可以在下次開會時分發了。

Haru:很好。或許你可以加上價格說明,以及我們收集到的一些使用者回饋意見。

Luca:OK。我什麼時候需要提交修訂版?

Haru:你必須在明天之前完成。

A. 這裡可以更好！

△ You must finish them by tomorrow.

◎ You need to finish them by tomorrow.

△ 感覺有「絕對要完成」的壓力

在日本，因為基本上是上下階級明確的社會，所以就算上司用有壓迫感的語氣命令下屬「明天之前一定要完成」，或許也不會有什麼問題。

然而，如果用這種上對下的態度對待外國籍的下屬，在國際企業就會造成很大的問題。全球化社會是「人人平等」的水平社會，所以就算是對下屬，也必須以尊重的方式表達。

must 表示「必須…」，是極具強制力的說法。如果說 You must finish them by tomorrow.，**下屬會感受到「絕對要完成」的強烈壓力**。

順道一提，雖然有 had better 這種表示「最好…」的說法，但這也需要小心使用。例如 You had better take some medicine.（你最好吃藥〔→否則可能會惡化〕），had better 帶有「不做某事就有可能發生問題」的語感，所以 You had better finish them by tomorrow. **聽起來可能像是警告對方，如果不在明天之前完成，就有可能發生壞事**。請別人做事的時候，請避免使用以上對下語氣強迫對方的 must，以及聽起來像是警告或威脅的 had better。

強制力剛剛好的 need to

🎧 > 085 > 請聽音檔,並且跟讀理想的表達方式。

You **need to** finish them by tomorrow.

上司請下屬做事的時候,建議像 You need to finish them by tomorrow.(你需要在明天之前完成)這樣,用 need to ... 來表達。它的語氣不像 must 那樣有強烈的強制力,但也不會顯得太弱,**在給下屬指令時,是恰到好處的表達方式**。

You need to be careful about ... 可以委婉地向對方傳達「需要注意…」。舉例來說,在「變更可能影響專案進度」的情況,可以說 You need to be careful about how the changes affect the project timeline.(你需要注意變更會如何影響專案的時程)。而「需要注意管理」的情況則可以說 You need to be careful about managing this.(你需要注意這件事的管理)。

也可以把 need to ... 改成 have to ...(必須…)。have to ... 是單純表達「你有責任做…」的意思,而 need to ... 則是像「必須在期限之前完成」一樣,暗示著還有其他必須做某事的理由。

想表達「雖然你提出請求,但我今天很忙」時可以使用的句型

🎧 > 086 > 學習與 Unit 24 相關的便利表達方式

- **I'm occupied right now.**
  我現在很忙。
- **I've been tied up with another project.**
  我忙著做別的專案。
- **My plate is full today.**
  我今天實在太忙了。
- **I'm currently quite busy preparing for the event.**
  我目前因為準備活動而相當忙。
- **I have back-to-back meetings.**
  我有接二連三的會要開。

當別人請你做某項工作,但你因為很忙而無法分神去做的時候,可以使用這裡列出的句型。

I'm occupied right now. 的 occupy 是表示「佔據～」的動詞。可以說 I'm occupied with the project.(我忙著處理專案),傳達因為這件事而忙得不可開交的印象。這個動詞也可以用來表示飯店的房間 occupied(被佔用,有人入住的)。

tied up(忙得不可開交的)和 busy 的意思一樣,在日常會話中經常使用。

My plate is full today. 則是從「盤子滿了」引申為「要做的事情多到滿出來」的狀態。

I have back-to-back meetings. 是我也很常用的說法。back-to-back 的意思是「連續的」,可以用來間接表達自己很忙,是很好用的說法。

快速反應訓練 — 熟練學到的表達方式！

記憶並熟練 Unit 24 學到的表達方式與相關句型。
請看以下的中文，嘗試立刻翻譯成英文。
如果覺得很難的話，請參考下面挖空的英文句子，
思考要填入什麼單字，並且出聲唸唸看。

1 你需要在明天之前完成。
You (　　) to (　　) them by tomorrow.

2 我現在很忙。
I'm (　　) right now.

3 我忙著做別的專案。
I've been (　　) (　　) with another project.

4 我今天實在太忙了。
My (　　) is (　　) today.

5 我目前因為準備活動而相當忙。
I'm (　　) (　　) busy (　　) for the event.

6 我有接二連三的會要開。
I have (　　) - (　　) - (　　) meetings.

7 你需要注意變更會如何影響專案的時程。
You (　　) to (　　) (　　) (　　) how the changes affect the project timeline.

8 我想他現在忙著接待客戶。
I think he's (　　) (　　) clients right now.

> 087　(解答)

請對照中文和英文句子。一邊聽音檔，一邊出聲跟著唸，記憶效果會更好。

1 你需要在明天之前完成。
You need to finish them by tomorrow.

2 我現在很忙。
I'm occupied right now.

3 我忙著做別的專案。
I've been tied up with another project.

4 我今天實在太忙了。
My plate is full today.

5 我目前因為準備活動而相當忙。
I'm currently quite busy preparing for the event.

6 我有接二連三的會要開。
I have back-to-back meetings.

7 你需要注意變更會如何影響專案的時程。
You need to be careful about how the changes affect the project timeline.

8 我想他現在忙著接待客戶。
I think he's occupied with clients right now.

熟練學到的表達方式！ 快速反應訓練

記憶並熟練 Unit 24 學到的表達方式與相關句型。
請看以下的中文，嘗試立刻翻譯成英文。
如果覺得很難的話，請參考下面挖空的英文句子，
思考要填入什麼單字，並且出聲唸唸看。

9 我現在忙著回覆一封重要的電子郵件。
I'm (　　) (　　) (　　) (　　) to an important email right now.

10 我今天上午實在太忙了，但下午可以跟你見面。
My (　　) (　　) (　　) this morning, but I can see you this afternoon.

11 你看起來很忙。我稍後再來。
You (　　) (　　) busy. I'll pop in again later.

12 我今天收到了接二連三的客訴。
I've had (　　) - (　　) - (　　) customer (　　) today.

13 你需要注意這件事的管理。
You (　　) (　　) (　　) (　　) (　　) managing this.

14 這間會議室總是使用中（有人佔用）。
This meeting room is (　　) (　　).

15 這個部門就算不接更多專案，也已經太忙了。
The (　　) already has a (　　) (　　) without taking on any more projects.

16 我們今年一直相當忙。
We've been (　　) (　　) this year.

192

🎧 088 （解答）

請對照中文和英文句子。
一邊聽音檔，一邊出聲跟著唸，
記憶效果會更好。

9 我現在忙著回覆一封重要的電子郵件。
I'm tied up with replying to an important email right now.

10 我今天上午實在太忙了，但下午可以跟你見面。
My plate is full this morning, but I can see you this afternoon.

11 你看起來很忙。我稍後再來。
You look quite busy. I'll pop in again later.

12 我今天收到了接二連三的客訴。
I've had back-to-back customer complaints today.

13 你需要注意這件事的管理。
You need to be careful about managing this.

14 這間會議室總是使用中（有人佔用）。
This meeting room is always occupied.

15 這個部門就算不接更多專案，也已經太忙了。
The department already has a full plate without taking on any more projects.

16 我們今年一直相當忙。
We've been quite busy this year.

說話禮貌的六個技巧

　　雖然英語給人的印象，似乎是一種不用敬語、輕鬆隨興的語言，但英語其實也像日語一樣，有許多表示禮貌的說法。

　　在日語中，隨著年齡、職等與對方地位的不同，會分別使用各自適合的敬語。而在全球化社會中，因為人人平等，所以習慣用禮貌的說法向彼此表示敬意。以下從本書介紹過的內容中，整理出「說話禮貌的六個技巧」。

1. **把現在式改成過去式，會顯得禮貌**（參考 P. 120）。例如 Could you ...?、I wondered if ... 比 Can you ...?、I wonder if ... 來得禮貌。
2. **在 Could/Would ...? 疑問句中加上 possibly, kindly, please 等詞語，會顯得比較禮貌**（參考 P. 45）。
3. **在切入正題之前，加上緩衝語氣的表達方式**（參考 P. 37, 128）。例如 I'm sorry, but ...、I'm afraid ...、Unfortunately ... 等等。
4. **請求別人的時候，直述句比疑問句來得禮貌**（參考 P. 119）。例如，I wondered if you could go over these documents by next Wednesday. 會比 Could you go over these documents by next Wednesday? 來得禮貌。
5. **一般而言，越長的句子越顯得委婉**（參考 P. 87）。短而簡要的句子容易給人強硬的印象；反之，較長的句子可以給人委婉而溫和的印象。但是要注意，如果句子太長、太迂迴的話，有可能顯得拖拖拉拉，而讓對方感到煩躁。
6. **負面的內容，要用正面的詞語前後包夾起來**（參考 P. 136）。用正面內容＋負面內容（想說或者想請求的事）＋正面內容的順序來表達。就算沒有即時用正面的內容包夾，也可以之後再補上感謝的話語，讓對方留下禮貌的印象。

本書介紹的主要句型一覽

☐ Probably. Many people would be interested in this product.	有可能。很多人會對這個產品有興趣的。
☐ As you can see from ...	如同你可以從…看到的
☐ According to the survey ...	根據調查…
☐ This clearly shows ...	這清楚顯示…
☐ I believe we can make it work.	我認為我們能讓它順利進行。
☐ Personally ...	就我個人而言…
☐ I may be wrong, but ...	或許我是錯的，但是…
☐ From my perspective ...	從我的觀點來看…
☐ It seems to me that ...	在我看來，似乎…
☐ Based on my experience ...	根據我的經驗…
☐ I see your point, but I believe the color scheme in Plan A is more innovative.	我明白您的意思，但我認為 A 方案的配色比較創新。
☐ Let me consider it.	讓我考慮一下。
☐ I'll get back to you soon.	我很快會再聯絡您。
☐ I'm not in a position to ...	我沒有資格…
☐ I need to talk to my manager.	我需要和我的經理談談。
☐ Let me go over it with the team.	讓我和團隊仔細檢討一下。

☐ I know this will be a demanding challenge.	我知道這會是艱鉅的挑戰。
☐ I hate to bring this up, but ...	我很不想提起這件事,但…
☐ I don't know how to say this, but ...	我不知道該怎麼說,但…
☐ I'm afraid that ...	恐怕…
☐ I'd rather not say this, but ...	我寧可不要說這件事,但…
☐ It's really hard to say this, but ...	這很難說出口,但…
☐ I'd appreciate it if you'd manage this by tomorrow.	如果您在明天之前處理好這件事,我會很感謝的。
☐ Could we postpone the due date until ...?	我們可以把截止日期延到…嗎?
☐ Could you kindly push back our meeting by 30 minutes?	可以請您把我們的會議延後 30 分鐘嗎?
☐ I'd appreciate it if you could extend the deadline for the submission of reports.	如果您可以延長報告的提交期限,我會很感謝的。
☐ Could you possibly put off the deadline for our project till ...?	您可以把我們專案的期限延後到…嗎?
☐ I'm so excited.	我很興奮。
☐ I'm embarrassed to tell you this, but ...	說起來不好意思,但…
☐ To be honest with you ...	老實說…

☐ Shamefully ...	說起來丟臉…
☐ When would be convenient for you?	您什麼時候方便呢？
☐ That would be fine.	那樣可以。
☐ I'm afraid that I have other plans on that day.	恐怕我那天有其他安排。
☐ Are you available sometime next week?	您下週有空嗎？
☐ I'll adjust my schedule to accommodate yours.	我會配合您的行程進行調整。
☐ I'd appreciate it if you could visit us at your convenience.	如果您能在方便的時候來訪，我會很感謝的。
☐ I haven't received the document yet.	我還沒收到文件。
☐ How's the project going?	專案進行得怎樣？
☐ Could you tell us about the current progress?	可以請你告訴我們目前的進度嗎？
☐ Anything new I need to know?	有什麼我需要知道的新消息嗎？
☐ If possible, I'd like you to get it done by Friday.	可以的話，我希望你在星期五之前完成。
☐ Thank you for taking time out of your busy schedule.	謝謝您在忙碌的行程中抽出時間。
☐ Thank you for taking the time out to help me.	謝謝您抽出時間幫我的忙。

☐ I truly appreciate your precious time and support.	我真的很感謝您（付出）寶貴的時間和協助。
☐ I appreciate your time and effort.	感謝您（付出）的時間和努力。
☐ I deeply appreciate your accepting our request on such short notice.	我深深感謝您在臨時通知的情況下接受我們的請求。
☐ I'll have the person in charge call you back.	我會請負責的人回電話給您。
☐ Should I have him call you back?	我要請他回電話給您嗎？
☐ I'm sorry, he's unavailable right now.	很抱歉，他現在無法接電話。
☐ Would you like to leave a message?	您想要留言嗎？
☐ I apologize for the inconvenience.	我為（造成的）不便致歉。
☐ I can understand why you're upset.	我能理解您生氣的理由。
☐ I understand your situation.	我理解您的情況。
☐ I see what you mean.	我明白您的意思。
☐ I'll do everything I can do.	我會盡我所能。
☐ Let me clarify your point.	讓我釐清一下您的意思。
☐ Would it be possible to have just an extra 10 minutes to finish this presentation?	可以再給我十分鐘講完這場簡報嗎？

☐ I'm afraid we only have five minutes left.	恐怕我們只剩五分鐘了。
☐ We only have a short time, so shall we move on to the next topic?	我們只有很短的時間，所以我們是不是該進入下一個主題了呢？
☐ We have three items on the agenda to cover in just one hour, so let's stay focused.	我們有三個議題要在短短一小時內討論，所以我們專注在議題上吧。
☐ We seem to be getting sidetracked.	我們似乎偏離主題了。
☐ Let's discuss that another time.	我們改天再討論那件事吧。
☐ I've been doing great as well!	我也過得很好！
☐ What have you been up to?	你最近怎麼樣？
☐ How's your work?	你的工作怎麼樣？
☐ Any big news?	有什麼大消息嗎？
☐ I've been meaning to get my manager's opinion on it.	我一直打算徵詢我經理的意見。
☐ The cause of the accident is now under investigation.	事故的原因現在調查中。
☐ The defect was caused by human error.	缺陷是人為疏失造成的。
☐ We'll make every effort to ensure this error won't happen again.	我們會盡全力確保這個錯誤不再發生。
☐ We'll train our staff more thoroughly.	我們會更徹底地訓練員工。

☐ Our internal communication was not good enough.	我們（公司）的內部溝通不夠好。
☐ I was wondering if you could proofread it for me over the weekend.	我想知道可不可以請你幫我在週末校對它。
☐ We are actually a little behind schedule.	我們其實有點落後進度了。
☐ I'm running behind schedule.	我落後進度了／我會趕不上預定時間。
☐ The reason for the delay is related to a mechanical problem.	延誤的原因和機械問題有關。
☐ There was a mix-up in the schedule.	行程安排出了差錯。
☐ I'm afraid that I'm unable to send the report on time.	我恐怕無法準時寄出報告。
☐ I understand that you're busy, but I also need your fairly urgent help with something.	我明白您很忙，但我也急需您幫忙一件事。
☐ I'm not coming into work today.	我今天不會去上班。
☐ I'll work from home tomorrow.	我明天會在家上班。
☐ I'll be on leave until Jan. 3.	我會休假到 1 月 3 日。
☐ I'll go straight from home to CDE.	我會從家裡直接出發去 CDE 公司。
☐ I'll take sick leave today because I have a bad cold.	我今天要請病假，因為我得了重感冒。

☐ I'd love to, but I have a very important appointment. Let me know next time.	我很想，但我有一個非常重要的約。下次再約我吧。
☐ Let's meet up sometime for dinner.	我們找時間見面吃晚餐吧。
☐ Why don't we catch up next weekend?	我們下週末何不見個面呢？
☐ How about a coffee together sometime?	找時間一起喝咖啡怎麼樣？
☐ Do you have any plans for later?	你接下來有什麼安排（計畫）嗎？
☐ Would you like to go out for a drink?	你想出去喝一杯嗎？
☐ What do you think we should do?	你認為我們應該做什麼？
☐ Let me hear your honest opinion.	請告訴我您誠實的意見。
☐ Does anyone have any different views?	有人有不同的看法嗎？
☐ We're seeking your ideas.	我們正在尋求你的想法。
☐ Would you say that again, please?	可以請您再說一次嗎？
☐ What exactly do you mean by that?	你說的話具體上是什麼意思？
☐ Would you mind repeating that?	可以請您再說一次嗎？
☐ Just to be sure, do you mean that ...?	只是想確認一下，你的意思是…嗎？
☐ Let me check if I'm understanding this correctly.	讓我確認一下自己的理解是否正確。

☐ Could you elaborate on that?	可以請您詳細說明嗎？
☐ I have no idea, but Bill can probably help you.	我不清楚，但 Bill 可能可以幫你。
☐ I'd be happy to help you!	我很樂意幫你的忙！
☐ You're always welcome!	隨時歡迎（找我幫忙）！
☐ Of course! It'd be my pleasure!	當然！這是我的榮幸！
☐ I'm not very familiar with cosmetics, but I have a different opinion.	我對化妝品不太熟悉，但我有不同的意見。
☐ Your suggestion sounds good, but ...	你的建議聽起來不錯，但…
☐ You have a point, but ...	你說的有道理，但…
☐ I mostly agree with it, but ...	我大致上同意，但…
☐ I agree with you in part, but ...	我部分同意你，但…
☐ That's one perspective, but ...	那也是一種觀點，但…
☐ Let me share what I think we should do.	讓我分享一下我認為該做什麼。
☐ Can I cut in for a moment?	我可以插一下話嗎？
☐ Can I just say something?	我可以說點什麼嗎？
☐ Let me add something.	讓我補充一下。
☐ Sorry to disturb you, but ...	抱歉打擾你們，但…

☐ Excuse me for interrupting, but ...	不好意思打斷談話，但…
☐ What makes you think that?	你為什麼那樣想？
☐ I couldn't have done it without you.	沒有你我無法做到這件事。
☐ I'm counting on you.	我就靠你了。
☐ I'm proud of you.	我為你感到驕傲。
☐ You need to finish them by tomorrow.	你需要在明天之前完成。
☐ I'm occupied right now.	我現在很忙。
☐ I've been tied up with another project.	我忙著做別的專案。
☐ My plate is full today.	我今天實在太忙了。
☐ I'm currently quite busy preparing for the event.	我目前因為準備活動而相當忙。
☐ I have back-to-back meetings.	我有接二連三的會要開。

結 語

　　本書從各種角度整理了「日本人特別容易脫口說出，但不理想的英語表達方式」。我在全球環境工作時，觀察到這些不夠好的表達方式，為了讓大家在犯錯之前知道這些，才促成了這本書的誕生。我有信心，只要掌握本書的內容，就能學到足以在全球商務人士中脫穎而出的英語表達方式。

　　然而，也希望讀者不要忘記，只是精通英語，並不表示和外國人進行的工作都會很順利。一般而言，對於在商務場合中顯得畏畏縮縮的人，外國人不會認為他是成熟的社會人士。如果還是學生，這樣或許無妨，但如果置身於全球商務環境，就必須具備符合國際標準的心態。

　　這樣的心態就是「HHP+C」。這是我根據在三家全球頂尖企業工作時所學，獨自整理出來的「與外國人工作時必備的基本態度」。

Hungry：朝向目標努力不懈，保持學習的態度
Humble：以謙虛的心態接納他人意見的態度
Proactive：不是等別人指示，而是自己創造並推進工作的態度
Comprehensive：展現對多種想法的理解，不自以為是，而以全面的角度看待事物的態度

　　我是從大學才開始學習英語會話的非母語人士，所以發音不好，也會一時之間搞錯文法。但是，我在磨練英語的同時，藉由實踐「HHP+C」，在過去24年，就逐漸能和外國人順利進行工作了。

我也希望各位讀者，就算現在對自己的發音或文法沒有信心，也要懷抱上述心態，積極參與全球商務，持續進行溝通。

書中學習的表達方式，以「快速反應訓練」的形式幫助讀者確實學會，而使用 ALC 的應用程式「Talking Marathon」，也能以同樣的快速反應模式學習英語會話常見的句型。因為本書而感興趣的讀者，也請參考看看。（中文版註：上述應用程式僅提供日文版本，且為訂閱制收費服務）

我衷心感謝在本書的編寫過程中不遺餘力的責任編輯奧谷佳奈小姐，以及協助編輯的市川順子小姐。此外，我也要在此感謝 ALC 公司盡力提供協助的江頭茉里小姐與朝熊浩先生。

對於即使自己身體狀況不佳，也關心我多過關心自己、不斷傳來充滿愛的話語的母親，以及代替無法從海外回國的我，貼心陪伴在母親身旁的父親，我除了感謝還是感謝。此外，我也由衷感謝總是鼓勵我的妻子、女兒和兒子。

最後，對於拿起這本書的您，我也很感謝能透過這本書與您相遇。希望這本書能幫助您的人生綻放光彩，而我也要送上自己在這 34 年來，一直和珍愛的人分享的人生方針：

STAY GOLD！（保持初心，持續閃耀！）

2020 年 12 月

岡田兵吾

LA PRESS 語研學院
Language Academy Press

★ 用最新的學習概念，高效學好外語 ★

文法反射訓練

　　跟著本書「套用＋替換＋開口說」，就能掌握英文文法的深層邏輯！透過「刻意練習」不斷重溫英文文法，才能運用學過的文法規則、說出英文句子。本書以「替換文法要素」的方式，帶領讀者反覆練習英文的核心文法與句型。只要跟著音檔一起開口說，就能從「知道文法」變成「精通文法」！

附 QR碼線上音檔　　作者：橫山雅彥、中村佐知子

每日英文會話

　　用生活周遭最熟悉的事物練英文，學習從起床到就寢的日常用語，任誰都可以馬上感受到快速驚人的學習成果！本書主題包羅萬象，從學校生活到工作職場，用「平常會說的話」累積實力，臨時需要時也可隨查隨用。日常生活會遇到的各種場合、情境、狀況，就用這本搞定！

附 QR碼線上音檔　　作者：姜鎮豪、卞惠允

從原理重建文法

　　原來，英文文法就像看圖說故事一樣簡單！只要一張圖，直接「看懂」英文句型結構、介系詞、時態的原理！本書把複雜的文法變成一幅幅的圖畫，只要看著圖片，依照由左到右的順序，將圖像逐一轉換成單字，就能輕鬆造出完整的句子。既然文法可以輕鬆「看懂」，當然就不用死背了！

作者：安正鳳

國際學村

★ 外語檢定教材第一首選 ★

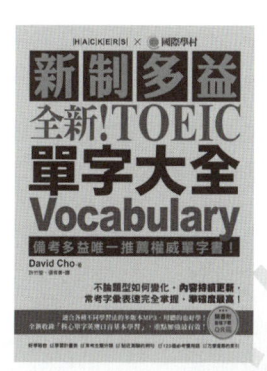

多益檢定 No.1

備考多益唯一推薦權威單字書！多益必考主題分類、大數據分析精準選字、貼近實際測驗的例句、出題重點詳細講解，搭配符合出題趨勢的練習題，不論程度，完整照顧考生需求，學習更有效率，熟悉字彙和考點，好分數自然手到擒來！

附 QR碼線上音檔　　作者：David Cho

英文文法教材 No.1

最全面、立體、無死角的英文文法書！特別設計的解說順序、深入淺出又比喻生動的詳細解說，搭配由母語人士所寫的實用情境例句，結合作者數十年教學經驗，讓想要學好英文文法的人擺脫大量理論和無聊句型，建立出自己的英文文法藍圖，將文法觀念變成生動活潑的活用概念！

作者：關正生

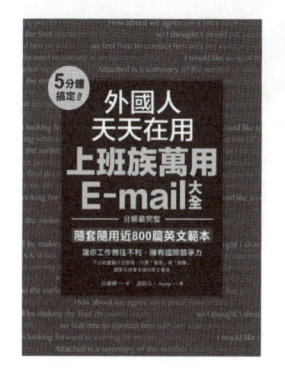

上班族E-mail範本 No.1

5分鐘搞定一封E-mail，培養國際商務英語溝通力！本書歸納25個商務主題、154個情境、779篇信件範本，不必絞盡腦汁怎麼寫，只要「套用」再「替換」，瞬間完成零失誤的英文書信，讓你和同事、上級、客戶、潛在客戶溝通無障礙，工作順利完成！

作者：白善燁

台灣廣廈國際出版集團
Taiwan Mansion International Group

國家圖書館出版品預行編目（CIP）資料

全球英語工作者的不敗溝通術 / 岡田兵吾著；程麗娟譯.
-- 初版. -- 新北市：語研學院出版社, 2025.07
　面；　公分
ISBN 978-626-99160-4-7(平裝)

1.CST: 商業英文 2.CST: 會話

805.188　　　　　　　　　　　　　　114006441

LA PRESS 語研學院 Language Academy Press

全球英語工作者的不敗溝通術

作　　者／岡田兵吾	編輯中心編輯長／伍峻宏
翻　　譯／程麗娟	編輯／賴敬宗
	封面設計／林珈伃・內頁排版／菩薩蠻數位文化有限公司
	製版・印刷・裝訂／皇甫・秉成

行企研發中心總監／陳冠蒨　　線上學習中心總監／陳冠蒨
媒體公關組／陳柔彣　　　　　企製開發組／張哲剛
綜合業務組／何欣穎

發　行　人／江媛珍
法　律　顧　問／第一國際法律事務所 余淑杏律師・北辰著作權事務所 蕭雄淋律師
出　　版／語研學院
發　　行／台灣廣廈有聲圖書有限公司
　　　　　地址：新北市235中和區中山路二段359巷7號2樓
　　　　　電話：（886）2-2225-5777・傳真：（886）2-2225-8052
讀者服務信箱／cs@booknews.com.tw

代理印務・全球總經銷／知遠文化事業有限公司
　　　　　地址：新北市222深坑區北深路三段155巷25號5樓
　　　　　電話：（886）2-2664-8800・傳真：（886）2-2664-8801
郵　政　劃　撥／劃撥帳號：18836372
　　　　　劃撥戶名：知遠文化事業有限公司（※單次購書金額未達1000元，請另付70元郵資。）

■出版日期：2025年07月　　ISBN：978-626-99160-4-7
　　　　　　　　　　　　　版權所有，未經同意不得重製、轉載、翻印。

「残念なビジネス英語」
"ZANNENNA BUSINESS EIGO"
Copyrights © 2020 Hyogo Okada, Minami Hirasawa, Yosuke Yamauchi, ALC Press Inc.
All rights reserved.
This edition is published by arrangement with ALC Press Inc., Tokyo
through Tuttle-Mori Agency, Inc., Tokyo and JIA-XI BOOKS CO LTD., Taiwan.
The original Japanese edition was published by ALC Press Inc.